聖獣の花嫁 2

癒しの乙女は優しき獅子と愛を紡ぐ

沙川りさ

角川文庫
24354

Contents

一ノ章 華の都アーレンバリ 9

二ノ章 禍いの足音 67

三ノ章 雪の谷 116

四ノ章 二頭のフェンリル 159

五ノ章 あなたを照らす光 224

聖獣の花嫁

登場人物紹介

Character introduction

リディア

《聖獣の花嫁》に選ばれた少女。
長い間、家族から虐げられていた。
植物の扱いに長けている。

イラスト：憂

エルヴィンド

神殿の傍の屋敷に住む貴人。
正体は国生みの聖獣、ファフニール。
花嫁であるリディアを大切にしている。

ノア

エルヴィンドに仕える少年。
屋敷の管理を任されている。

ヒェリ・バーリ

『聖なる山』と呼ばれる
アーレンバリ共和国の中央
に位置する都市国家。
聖獣を祀る神殿が
中心となっている。

アーレンバリ共和国

千五百年前、聖獣のお告げにより
少年王が興した国。
現在は軍部が統治する軍事国家
となっている。

青々と茂る針葉樹林の間、まっすぐに延びた馬車道を、その四頭立ての馬車は軽やかに駆けていた。

車体は国土の多くを占める湖を模したような深い藍色《あいいろ》。控えめに鏤《ちりば》められた銀色の装飾は決して華美ではないが、一流の職人の、あるいは芸術家の、繊細な手仕事によるものであることは明らかだ。そして何よりも車体の中央、窓の下に配された紋章が、この馬車が貴人のものであることを示していた。

入り組んだ植物の奥に描かれた、一頭の獅子《しし》の紋章。

その馬車は街の入り口にゆったりと停まった。外出用の簡易的な神官服を着用した御者が扉を開くと、長身の、目を瞠《みは》るほど美しい青年が降りてきた。光の加減によって金色にも輝く、長い白銀の髪。この国では貴族制度が廃止されて久しいが、明らかにその系譜であろう洗練された立ち姿である。

道行く人々が思わず足を止めて注視する。その青年は馬車の中に向かって手を差し出した。中から華奢《きゃしゃ》な手がその手を取り、美しい貴婦人——まだ少女と言ってもいい年頃に見える——が降りてくる。見るからに上質な生地で仕立てられたドレスはとてもシンプルで、ごてごてと装飾されていない。華やかに着飾ることが流行《はやり》であるこの街においては、ある種の牧歌的な雰囲気が却って新鮮で魅力的に見える。

一枚の絵画のようなその二人に周囲の視線が釘付《くぎづ》けになる中、少女は青年の手を取ったまま、街のほうをじっと見つめる。そしてその瞳《ひとみ》を輝かせながら、溜息《ためいき》とともに呟《つぶや》いた。

「……わたし、夢の世界に来てしまったんでしょうか？」

——ここはアーレンバリ共和国の首都アーレンバリ。

北方の国々の中でも近代化が進み、産業の発展に人口増加にと、あらゆることがまるで花びらを激しく巻き上げる嵐のように目まぐるしく運んでいる、華の都である。

一ノ章・華の都アーレンバリ

——つまり我が学者人生において、この植物の発見は最大の出会いのひとつであると言わざるを得ない。

素人《しろうと》の手慰みで申し訳ないが、挿絵で示した通りに——私の著書の読者諸氏であれば腕前は承知の上であろうが——見た目は大変、スイセンという花に似ている。

だが実物をご覧《ろう》じた瞬間、息を呑《の》んでその花に見入るであろう。

スイセンの軽やかな色を白夜に喩《たと》えるのであれば、その花は間違いなく極夜そのものである。

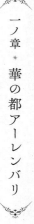

　この植物の持つ薬効については、もちろん研究・解明は済んでいるが、詳細はここでは伏せさせていただく。生育地域が非常に限られており、また採取方法が極めて危険だからである。この本を読んだ誰かが思いつきで採取を試みたりしないことを切に願う。同様の理由から、ヘイエルダールのどの辺りで生育しているか等を特定するような情報も伏せることにする。

　さて、第一発見者の常の特権として、不肖ながら私がこの植物の名付けをする運びとなった。

極夜の色をした花を咲かせる、この植物の名は――

《アウグスト・ヴェステルホルム著『新植物図録篇』内「ヘイエルダール固有種についての考察」の章より抜粋》

＊＊＊

エルヴィンド邸の大きな屋敷の、陽光と心地好《よ》い風がたっぷり入ってくる部屋で、リディアは窓の外を見やった。

厳密に言うと、壁一面の巨大な掃き出し窓は常に開け放たれているので、その先に広がる庭にそのまま視線を向けた格好だ。

都市国家ヒェリ・バーリを擁するアーレンバリ共和国は、世界の北側に位置している。夏は半袖《はんそで》で過ごせるほど暖かい時期もあるが、そういう気候は一瞬だ。一年の大半は寒さの厳しい冬で、特に真冬ともなると気温は真昼でも氷点下である。オーケリエルムの屋敷で実の母と姉に下級使用人として奴隷のように働かされていた頃は、劣悪な環境や過酷な労働そのものよりも、一番辛かったのはその寒さだった。

しかしこの庭に面したリディアの部屋は、いつでも初夏のようにずっと暖かい。じきに十月、そろそろ上着が必要な季節になろうというのに。

「おーい、リディアー」

庭のほうから自分を呼ぶ、幼い子どものような愛らしい声がまた聞こえてくる。実はリディアがそちらに視線をやったのは、さっきも呼ばわる声が聞こえたからだった。三度目の呼び声が掛けられる前に、聞こえていることを示すように手を挙げてみせる。そのまま庭に出て、呼び声の主のほうに駆け寄った。花壇のほうだ。

そこには昨日までは芽だけが出ていたはずの植物が、今や立派に育ち、紫色の花まで付けていた。そしてその花を嬉《うれ》しそうに囲む、小さなねずみのような生き物が三匹。

そのうちの一匹、灰色の毛並みを持つケビが、リディアにその植物を示す。この屋敷中を巡る守り木に宿る妖精《ようせい》である。

「見てくれよ。花壇の妖精みんなでがんばったら、ひと晩でここまで育ったぜ！」

長いスカートの裾《すそ》を引っぱられるままに屈《かが》み込むと、クリーム色の毛並みの、ケビよりも一回り身体の大きな、同じく守り木の妖精ロキが足もとに寄ってくる。

「ぼくらも一緒にがんばったんだよ。褒めて、褒めてぇ」

その言葉にリディアが思わず顔を綻《ほころ》ばせ、ロキを撫《な》でようと手を伸ばすと、そこに灰褐色の毛並みを持つアイノが割って入った。アイノはリディアがオーケリエルムの屋敷で育てていた薬草のうちのひとつに宿っていた妖精だ。この屋敷に来て以降、リディアはアイノの姿を見ることができるようになった。

「今はそれよりもリディアの薬を作るのが先でしょ。時間がないんだから！」

その言葉にロキは、そうだね、と灰色の耳をしょんぼりと垂れさせる。

ケビは紫色の花を持つその植物の茎の部分に手を当てた。まるで人間の配管工が水道管の具合を確かめるような仕草だ。

「普通ならこっから茎とか根っこを乾かして、それを細かくすり潰《つぶ》して薬にするもんなんだろ？　それをすっ飛ばして薬にできるなんて、リディアはすごいな」

ふふん、とこれまた人間のような仕草で胸を反らしたのはアイノである。

「でしょ。リディアの薬作りは凄腕《すごうで》のお医者さんにだって負けないんだから」

「アイノ、凄腕のお医者さんを見たことあるのぉ？」

「ないけど、絶対そうだよ」

のんびりとした口調のロキの鋭い指摘にも、アイノは気にせずきっぱりと言い放ち、それに、と続ける。

「その上、エルヴィンドの花嫁なんだもん。リディアのこの力は聖獣の眷属《けんぞく》としてのものの。つまり物語に出てくる魔法みたいに強くて、特別ってことなんだから！」

――この世界には聖獣が存在する。

聖獣とはこの世の森羅万象に宿る、強大な力を持った長寿の精霊のような存在だ。妖精たちの長《おさ》であると言ってもいい。森の木々や湖、焚《た》き火《び》の燃え盛る炎――人の営みを取り囲むあらゆるものに宿る存在。その長たる聖獣は、獣の姿と人の姿を併せ持ち、人間とは違う独自の理《ことわり》の中で、掟《おきて》に従いながら長い時間を生きている。

掟とは、すなわち使命である。

この使命に従って、千五百年前、ある一頭の聖獣が、ある一人の少年聖者に夢枕にて建国のお告げを与えた。そうして少年聖者――初代国王ノア・オルヘスタルの手で興されたのが、ここアーレンバリである。

お告げを下した聖獣ファフニールは国生みの聖獣として神殿に祀《まつ》られ、その神殿を中心とした都市国家『聖なる山《ヒエリ・バーリ》』が築かれた。

ヒエリ・バーリに居を構えるオーケリエルム家の次女として生まれたリディアは、紆《う》余曲折《よきょくせつ》あったのちに、聖獣ファフニール・エルヴィンドの花嫁としてこの屋敷に迎え入れられたのだ。

そして花嫁として聖獣の眷属になったリディアにも、掟により大きな使命が与えられた。

その使命の由縁は、そもそもはアーレンバリ建国の折の、二頭の聖獣の激しい戦いにまで遡《さかのぼ》る。

――聖獣とは、二体で一つであるという。光がなければ影が存在できないように、そしてその逆もまたそうであるように、聖獣も互いがいなければ存在し得ない。

ファフニールという聖獣もその理の通りに、二頭存在した。

一頭は光の聖獣エルヴィンド。

そしてもう一頭は影の聖獣ユルド。

実は建国の使命は、そもそもはこの二頭のファフニールに与えられたのだ。

しかし二頭は人間への愛情の与え方がまったく異なっていた。人間と共存しようとしたエルヴィンドと、人間を支配しようとしたユルドは、そこで決定的に道を違《たが》えた。

長い戦いの果てにエルヴィンドは勝利し、ユルドを封印した。しかしユルドは封印される直前に、エルヴィンドの体内に自らの欠片《かけら》を埋め込み、さらに国中に自身の微細な欠片を飛散させた。その欠片を依《よ》り代《しろ》にして少しずつ力を回復し、長い時間をかけてもいつか封印を解いて復活して、エルヴィンドに取って代わるために。

ユルドの欠片は黒い靄《もや》である。あるいは舞い散る火の粉である。それらはそこにあるだけならば無害だが、悪意のある人間の体内に入り、そしてさらにユルドがその人間に狙いを定めたときには、その人間が内に秘めるあらゆる負の感情や欲望が引き出され、濁流のようなそれに否《いや》が応でも呑み込まれてしまう。それはユルドに頭の中、あるいは心の中に侵入され、操られてしまうこととほとんど同義だった。そうしてその人間は破滅に導かれてしまうのだ。ユルドが示す愛の形の通りに、その愛に傀儡《かいらい》の如《ごと》く従うように。

エルヴィンドはユルドに頭の中に侵入され、封印の解き方を知られてしまうことを危《き》惧《ぐ》した。そのためユルド封印に関する記憶のすべてを自らの頭の中から取り出し、ひとつの指輪に閉じ込めたのである。

そしてその指輪は今、リディアの左手の薬指に嵌《は》まっている。

過日、婚礼の儀式にてエルヴィンドからその指輪を嵌められた瞬間、リディアの頭の中には啓示が書き込まれた。それはリディアがこれから抱える使命に関することだった。

指輪に封じられた記憶の導きに従って、ユルドの居場所を突き止め、そこへエルヴィンドを至らしめること。それには機を待たなければならないこと。

そして、そのときリディアには、もうひとつの重大な使命が与えられる、と。

それが一体何なのか、今のリディアにはまだわからない。指輪に保管されているというユルドの居場所に関する情報も、現時点では何一つリディアは知ることができていない。今はまだ機ではないということだ。

けれど、とリディアは折に触れてその指輪を指先で撫で、思う。

(その使命を果たすのを目指すことはわたしにとって、新しい、生きる理由のひとつになった)

――そうであってほしいと願ってくれた、エルヴィンドのあの優しい祈りの言葉の通りに。

二日間に亘《わた》る婚礼行事の後、張り詰めていた緊張の糸が解けたリディアはすっかり体調を崩してしまった。この屋敷に来てからは健康体になったと思い込んでいたが、長年の栄養失調により弱っていた身体は、いかな聖獣に護《まも》られた屋敷内といえどもそう簡単には治ってくれないようだ。長年エルヴィンドの従者を務める少年ノアは、慶事の後だというのに寝込んでしまったリディアを気の毒に思ったらしく、「僕も自分の戴冠式《たいかんしき》の後はさすがにちょっと寝込みました」と、やや規模感の違う慰めの言葉をくれた。

婚礼行事が終わって屋敷に帰り着いた途端に熱を出し、作り置きしておいた薬によってその熱はすぐに下がったものの、喉《のど》の痛みが取れずにまったく声が出せないまま丸一日が経過し、――そして今である。

エルヴィンドは今、神殿の地下深くにある『水鏡の間』にいる。彼が掟や理、使命と呼ぶものを得るために星の巡りに伺いを立てる、神聖なあの場所だ。儀式の後は必ず丸一日、あそこに籠《こ》もって膨大な量の星の巡りを読まなければならないらしい。それも掟のひとつなのだそうだ。婚礼の直後であっても当然それは同じで、花嫁であるリディアを丸一日放っておく形になってしまうことに、エルヴィンドはひどく申し訳なさそうな顔をしていた。

ちなみにしゅんとしていたリディアに、「僕の戴冠式の後もそうでした」とノアはまたしても慰めてくれた。その言葉にはさすがに、初代国王陛下の戴冠式の後もそうだったのなら仕方ない、と思うしかなかった。

とはいえ晴れて正式に夫となった人と、よりによって体調が悪いときに離ればなれというのは、寂しさ以上に一層心細い心地がするものだ。

沈む気持ちを何とか堪《こら》えようとするリディアを見かねてか、ケビたちが「ご主人が帰って来る前に喉を治しちゃおうぜ」と提案してくれた。喉の炎症に特段に効く薬の材料は持っていなかったので諦《あきら》めていたのだが、ロキがどこからか薬草の種を調達してきてくれて——ユルドの一件の折、自分がリディアに誤った情報を伝えて掻《か》き乱してしまったお詫《わ》びだと言っていた——、それを件《くだん》の通り、庭の花壇に宿る妖精《ようせい》たちが力を合わせて育ててくれたのだ。

花壇から摘んできたばかりのその薬草を、道具とともに机に載せる。本来ならば薬はいくつもの工程を経て、ある程度の時間をかけて作るものなのだが、今やリディアはケビの言葉通り、薬草を料理するように切ったり混ぜたりするだけで薬を作ることができる。しかもその効能は、市販されている薬よりも段違いに強い。効能に関してはオーケリエルムの屋敷にいる頃からそうだったのだが、この屋敷に来てからというもの、その力がどんどん強くなっているのだ。リディアが作った薬を飲んだり塗ったりしたら、それこそ魔法のように、たちどころに病や怪我が治るのである。とはいえ薬の材料の生育にリディアが関わっていないと効力が発揮されないので、作れる薬の量はさほど多くはない。リディア自身の分とエルヴィンドやノアの分、そしてリディアにとっては祖母のような存在であるビルギットの分が精々だった。

あっという間にできあがった、喉の炎症に効く薬を、白湯《さゆ》と一緒に飲み込む。独特の甘みが口の中に広がったかと思うと、喉の痛みが嘘のように消えていく。

「リディア、どう？」

机の上で団子のようにくっついて、リディアが薬を作るのを固唾《かたず》を呑《の》んで見守っていた三匹のねずみ妖精たちが、焦れたように問うてくる。

リディアは自分の喉に手をあて、何度か小さく声を出してみる。そしてねずみ妖精たちを安心させるために微笑んでみせた。

「すっかり治ったみたい。もう大丈夫よ」

三匹の妖精たちの、とりわけロキの表情に安堵《あんど》が浮かんだ。その顔を見て、リディアもほっと胸を撫《な》で下ろす。

あの事件の後、ロキは自分のしでかしたことの重みを何日も引きずって落ち込んでいたとケビからも聞いていた。見た目で判断するのはあまり良いことではないけれども、それでも愛らしいふわふわの姿をした小さなロキが、自身のせいではないことに責任を感じて塞《ふさ》いでしまっていたというのは、あまりに可哀想に思えてならなかったのだ。

と、ケビの両耳がぴんと立った。後ろ足で立ち上がり、玄関の方角に鼻先を向ける。

「ご主人、帰ってきた！」

その言葉に、リディアの胸にぽっと温かい火が灯《とも》る。ユルドの禍々《まがまが》しい炎に身内を支配されかけていたときとは違う。絶望とは対極に位置する——この世のすべての美しいものを集めて、ふわりと包まれているような。

考えるよりも先に足が勝手に動き出し、リディアは自室を飛び出す。小走りに駆ける背中を、三匹のねずみ妖精たちが嬉《うれ》しそうに見送っていた。

玄関ホールに駆け込むと、そこには丸一日ぶりに姿を見るエルヴィンドが立っていた。本当にちょうど帰宅したところなのだろう、傍でノアが主《あるじ》から、今脱いだのであろう上着を受け取っている。ノアはリディアに一礼し、上着を小脇に抱えて衣装部屋があるほうへと去っていった。衣装部屋の傍には洗濯室がある。この屋敷は生きているので、衣類はその洗濯室に置いておくと、勝手にきれいになっているという。リディアも自分の衣服の手入れのために何度も使わせてもらっているが、どういう仕組みで汚れが落とされているのか、今に至るも不思議だった。

ともあれリディアは、ホールに立つエルヴィンドの姿に思わず見入ってしまった。水鏡の間はエルヴィンドが最も聖獣らしい一面を出す場と言っても過言ではない。そこから帰還したばかりの彼は、普段の彼よりも一層、人ではないものであるように見えたのだ。

自然界に存在する明かりや水のように透き通り、人間離れした煌《きら》めきを放つ、金色の双眸《そうぼう》。

彼は青年の姿と、白銀の毛並みの獅子《しし》の姿を併せ持つ。

今目の前にいるのは間違いなく人間の姿の彼なのに、まるで神聖な獅子であるかのような錯覚をリディアは覚えた。

しかしそれはほんの一瞬のことだった。エルヴィンドの双眸がリディアの存在を認めた瞬間、木漏れ日のような優しさを含んで緩んだのだ。

「具合はどうだ、私の花嫁」

開口一番、エルヴィンドはそう問うてきた。何しろエルヴィンドが掟《おきて》により神殿に籠もらなければならない大事なときに、リディアは熱で寝込んでいたのである。「あんなに神殿に行きたくなさそうにしているエルヴィンド様は初めて見ました」とは、例によってノアの言だ。

リディアの胸に、自分でも驚くほどの喜びが満ちていく。離れていたのはほんの一日だけだったのに、欠けていた自分の身体が急速に満たされていく感覚。

「もう大丈夫です。妖精たちとノアさんのお陰で……」

エルヴィンドが歩み寄ってきて、言葉の途中でふわりとリディアを抱き締める。腕の中は温かくて心地好《よ》くて、思わず目を閉じる。その瞼《まぶた》に、労《いたわ》るような口づけが何度も降ってきた。

「熱も下がっているな」

「はい」

「……あんな状態のお前を置いて行かねばならないなんて、初めて掟に向かって恨み言のひとつも言ってやりたくなった」

リディアは思わず笑ってしまった。

「人間はもともと、疲れるとよく熱を出すのです。そんなに心配しないでください」

リディアは少し上体を離し、釈然としない面持ちのエルヴィンドの顔を覗《のぞ》き込む。

「それより、エルヴィンド様のお身体は大丈夫ですか？　丸一日の間、星の巡りを読まなければならなかったと聞きました」

エルヴィンドの顔にかかる白銀の髪に手を伸ばし、その耳にかける。するとこちらを愛《いと》おしげに見つめる金色の双眸と、何も隔てるものなく至近距離で目が合った。リディアは思わず頬を赤らめ、ぱっと視線を外してしまう。

（……え、？）

その自分の行動に思わず戸惑う。なぜエルヴィンドの顔をまっすぐに見ていられないのだろう。

「リディア」

至近距離から名前を呼ばれて、却《かえ》ってますます目線を下げてしまう。

「あ、あの……」

「リディア。顔をよく見せてくれ。お前の顔をずっと見たかったのだ」

また口づけが降ってくる。今度はこちらの前髪を掻き分けて、額に。懇願するようなその口調に、おずおずと彼の顔を見上げてみる。しかし切なげにこちらを見下ろす金色の瞳《ひとみ》と目が合った瞬間、また勢いよく視線を外してしまう。

（ど、どうして……）

「リディア」

希《こいねが》うような呼び声は、今度は耳たぶに唇が触れるほど近くで。

思わずびくりと身体が震えてしまう。顔を隠すようにしてエルヴィンドの胸にしがみつき、声を絞り出した。

「ご、ごめんなさい……わたし」

「リディア？」

「わたし、自分でもどうしてなのか……寝込んでいた間ずっと、エルヴィンド様のお顔が見たい、お傍にいたいと願っていたのに、いざこうしてお傍にいると……」

リディアはそれが、愛しい人の傍にいる若い娘にとっては何らおかしくはない身体の反応だということを知らない。自分の身に起こったごく自然な変化に戸惑うしかない彼女の、その華奢《きゃしゃ》な背中をエルヴィンドは宥《なだ》めるように優しく撫でた。そして壊れ物を扱うような手つきで身体を離す。

リディアはやはり顔を上げられない。一日離れていた間に、彼に対する愛しさが自分でも知らない間に身体の中に充満していたようで、今にも決壊してしまいそうだ。

エルヴィンドが少し笑った気配がした。そして手を取られる。

彼が先導して歩き始めたので、リディアはようやく顔を上げ、彼の横顔を見る。エルヴィンドはこちらに顔は向けないまま言った。

「お前さえ嫌でなければ、私の部屋でともに過ごそう」

え、とリディアは目を瞬《しばた》かせる。確かにこの廊下の先にはエルヴィンドの書斎がある。

エルヴィンドは続けた。

「嫌ならば、この手を振り払って構わない」

その声はいつもと同じように静かで平坦《へいたん》であるように聞こえた。が、リディアには言われた言葉の内容こそが大問題だった。

慌てて首を横に振り、思わず叫ぶ。

「い、嫌なはず、ありません！」

誤解されてしまっただろうか。せっかく丸一日ぶりにエルヴィンドに会えて、本当は嬉しくて嬉しくて堪《たま》らないのに、拒絶するような素振りを見せてしまったから。それで結婚式の前のように手を繋《つな》ぐことも、何気ない一日を一緒に過ごすことも何もかも嫌になってしまったと、そう思われてしまったのか。

リディアは繋いだエルヴィンドの手をしっかりと握り返した。エルヴィンドがなぜか驚いたようにこちらを見返してくる。誤解を解かなければという気ばかりが焦って、それなのに彼と目が合った瞬間にやはり逸《そ》らしてしまう。

何だか泣き出したい気分に苛《さい》まれそうになったとき、エルヴィンドがまた笑った。繋いだ手は離れることなく、優しく、同時に力強くリディアをエスコートする。

エルヴィンドはいつでも、リディアが言葉に出さない望みも叶《かな》えてくれる。彼にはリディアの小さな悩みや戸惑い、葛藤《かっとう》などすべてお見通しなのかもしれない。そう思うと気恥ずかしさで逃げ出したくなる気分にもなるし、と同時に、どんなに無様な姿を見せてもきっと受け止めてくれるのだという、絶対的な安心感も覚える。

それはエルヴィンドが聖獣という、人知を超えた存在だからだろうか。それとも世の夫というものはこのようにして、花嫁のことを包み込んでくれる存在なのだろうか。

（夫……）

リディアは思わず自分の思考を追いかける。

自分はそもそも聖獣の花嫁としてこの屋敷にやってきた。ここに来た当初から、花嫁というのはあくまでも神聖で儀礼的な、文字通り何か大いなるものから与えられた『役割』なのだと考えていた。その思いは神殿で婚礼の儀式を挙げた後に至るまで拭《ぬぐ》えなかった。儀式の最中に新たな使命が下されたことからも、この認識は間違ってはいないと思う。

けれどその後、エルヴィンドはリディアのために小さな結婚式を挙げてくれた。

平凡な娘が思い描く、ありふれた幸せとされるもの――リディアが手に入れたいとは一度だって夢見たこともなかったそんな幸せを、彼は与えてくれたのだ。

夫として、妻であるリディアに。

その後は怒濤《どとう》のようにまた儀式としての婚礼の祝いの場で、ヒェリ・バーリの党首の花嫁として振る舞うことが求められたけれども、あの小さな結婚式を境に、リディアの思いは完全に変わってしまったと言っていい。

つまり――自分は大きな使命を持つ『聖獣の花嫁』であると同時に、エルヴィンドという青年と、夫婦としてこれから生きていく、彼の妻であるのだ、と。

物思いに耽《ふけ》っていると、エルヴィンドが足を止めた。もう書斎に着いたのかと顔を上げる。

しかしそこにあったのは書斎の扉ではなかった。見覚えのない扉だ。

エルヴィンドが扉を開くと、そこは初めて入る部屋だった。落ち着いた色合いの家具調度。暖炉に向かって広々としたカウチと、その前にはローテーブルが置かれている。窓辺には、書斎にあるものと比べたら小さめの書き物机と椅子があり、そして部屋の奥には天蓋《てんがい》付きのベッド。

「ここって……」

どう考えても、エルヴィンドの私室だ。

呆《ほう》けたように呟《つぶや》いてから、リディアははたと我に返った。

（さっき、エルヴィンド様は『私の部屋で』って……）

そうだ。エルヴィンドははっきりとそう言ったのだ。それなのに、なぜそれが書斎であると勘違いしてしまっていたのだろう。

急激に頬が熱くなっていく。部屋の中にはエルヴィンドの気配と言うべきか、香りのようなものが染みついている気がする。普段彼がここで寝起きしているのだという事実がまざまざと感じられるのだ。

（そうだわ……この方とわたし、夫婦なんだ）

立ち尽くすリディアの背中から、包み込むようにエルヴィンドの腕が伸びてくる。背中を守るように後ろから抱き締められて、リディアの身内でまた、愛しさが決壊しそうになる。

その労《いたわ》るような手つきはやはり、リディアが本当に怯《ひる》んだならば逃げても構わないと言っているから。

だからリディアは、そのまま後ろに体重を預けた。逃げるつもりなどないと——離れたくないと告げるように。

首筋に口づけが降ってくる。今度はさっきまでのそれに、ほんの僅《わず》かに荒々しいものが交じっている。心臓が口から飛び出そうになってリディアが思わず口を開くと、それを待っていたようにエルヴィンドの唇がリディアのそれに重なった。

呼吸まで交わって、融《と》けてしまうようだ。二人の境目がなくなってしまうくらいに。

「リディア……私の、花嫁」

こんなに余裕のないエルヴィンドの声は聞いたことがない。

そう悟った瞬間、リディアの中の何かが爆《は》ぜ、とうとう決壊した。

——熱い。

身体の中に熱い火種が放り込まれ、それが身内をじくじくと焼くようだ。

かつて放り込まれた、こちらの絶望を焚《た》きつける炎に、どこか少し似ている。けれどもそれを上回る幸福感の波が、今は溺《おぼ》れてもいいと叫んでいる――

――リディアは夜明けとともに目を覚ました。

眠る前に散々見て目に焼き付いてしまった天蓋が視界に飛び込んでくるなり、自分の身に起こったことを即座に思い出す。我が事ながら、改めてあまりの衝撃に心臓が止まりかけた。

「……！」

衝動のまま飛び起きかける。しかしそれは、こちらを包むようにしていた腕によって遮られた。

誰の腕であるかなんて、確かめずともわかる。リディアは思わず両手で自分の顔を覆った。

「やはり飛び起きようとしたな」

隣から腕の持ち主にそう告げられ、リディアは顔を隠したまま細く息を吐くしかなかった。

以前にもこんなことがあった、と思い出す。忘れもしない、この屋敷に来て初めて目覚めたときだ。

昨日、この部屋に来たのはまだ陽が落ちる前だったように思う。かなり長い時間、自分は寝入ってしまっていたようだ。と、ふと一抹の不安が湧き上がる。

「……もしかして、また三日経ってはいませんよね……？」

エルヴィンドが喉《のど》の奥で笑った声がした。今回は大丈夫なようだ、ととりあえず安堵《あんど》の息を吐く。それと同時に頰がどうしようもなく熱くなってくる。

「リディア」

「……はい」

「顔を見せてくれ」

「っ、む、むりです……」

眠る前の出来事が、まるで今起こっている出来事のようにありありと脳裏を駆け巡る。今はとてもエルヴィンドの顔など見られない。

そう思うのに、顔を覆うリディアの両手を、上体を起こしたエルヴィンドの手が優しく外そうとしてくる。いつもよりも力の入らないリディアの手は、彼に簡単に取られてしまった。手はそのまま縫い止めるようにベッドに押しつけられる。

覆い被《かぶ》さる彼の白銀の長い髪が、こちらの頰に流れ落ちてくる。窓から差し込む夜明けの薄暗さは逆光となっているが、それでもその表情がよく見えるほど、エルヴィンドの顔はすぐ近くにある。

「……いつか、お前に言ったな。お前が美しいと思うものを、私の力で見せてやりたいと」

首筋を食《は》みながら囁《ささや》かれ、リディアの呼吸が詰まる。声を聞かせてくれ、と昨夜言われたことを不意に思い出してしまって、今は一層声など出せるはずがなかった。

「お前の美しさの前では、私は無力だと思い知った」

「……そ、んな、こと……っ」

思わず反論してしまったリディアの声からは、途中から言葉は消え去った。

＊＊＊

夕方、自室に戻ったリディアは、椅子に腰掛けたままクッションを抱き締め、しばらくぼうっと宙を眺めていた。

部屋の中にも庭先にも、ケビとロキの姿はない。部屋に戻る道すがらも、戻ってきてからも姿を現わさないから、何らかの空気を読んでくれているのかもしれない。

一方、同じ女の子であるアイノは、リディアの長いスカートをよじ登ってクッションの上までやってきた。そして何を言うでもなく、クッションの上に座って、リディアと同じように宙を眺める。花壇の花に宿る妖精《ようせい》は基本的には自分の花からあまり物理的に離れられないらしいが、アイノは「気合いと根性でここまで来られるようになった」―のだそうだ。妖精としての力が元々強いほうだったのが、この屋敷の花壇の土との相性がよく、めきめきと力を伸ばしているらしい。

ともあれ、普段はおしゃべりなアイノだが、今日はただ傍にいてくれている。

長い沈黙の後、リディアはとうとう口を開いた。

「……わたしね。変なの」

アイノが髭《ひげ》を揺らして、窺《うかが》うようにこちらを見る。

「エルヴィンド様のお顔を見るのも恥ずかしい、なんて昨日考えたと思ったのに、今日になったらもう、まったく平気になってしまったの。むしろ、その逆……かも」

彼にはもう何もかも見られてしまったのだから今さらだと、居直ってしまったのだろうか。本来の自分なら、あんなことがあった後は、却って手を繋《つな》ぐ程度の軽い触れ合いすらも恥ずかしくなってしまいそうなのに、と我ながら思うのだが。

「……女性って、結婚の前後で情緒に波があると本で読んだけれど、これって、わたしもそうだってことなのかしら」

「……うーん。そうかもね」

アイノにしては煮え切らない返答だが、リディアは言葉が止まらない。

「だけどエルヴィンド様は、わたしが今もその、……恥ずかしがっていると思って、『少しずつ慣れていけばいい』なんて仰《おつしや》るの。さっきだって、手を取って部屋までエスコートしてくださったのも、別れ際に髪に口づけしてくださったのも、まるで結婚式の前のエルヴィンド様みたいに、その……」

「良く言えば紳士的。有り体に言えばちょっと距離感ある感じ？」

「ええ、そう」

アイノはとうとう深く溜息《ためいき》を吐いた。リディアは急激に不安に駆られる。

「やっぱりわたしが悪かったのかしら？　昨日散々、エルヴィンド様を拒絶するような態度を取ってしまったから……」

「それは違うと思う」

今度はきっぱりとアイノは言い放った。

「エルヴィンドだって女の子の不安な気持ちとか、ちょっと恥ずかしい気持ちとか、絶対わかってるはずだよ。だってリディアよりずっと歳上の男の人なんだから」

「……っ、そう、よね……」

こちらの気持ちを彼に見通されていないはずはないとは思っていたけれど、いざ断言されるとそれはそれで恥ずかしい。

けれど、第三者から見てもやはり彼はリディアを尊重してくれているということだ。

アイノはクッションの上をちょこちょこと歩いてきて、リディアの頬に前足で触れた。

「リディアはリディアのままでいいんだよ。エルヴィンドの言う通り、焦る必要なんてないし、かといって遠慮する必要なんてもっとない」

だって、とアイノが黒いつぶらな瞳《ひとみ》で真摯《しんし》に見つめてくる。

「リディアはエルヴィンドのお嫁さんで、二人は夫婦なんだから」

「アイノ……」

リディアは半ば感動し、アイノを見つめ返してしまう。この小さな愛らしい妖精の存在に、その言葉に、リディアは何度救われただろう。

と――横合いから、アイノよりも更に甲高い幼子のような声がかかった。

「でもさ、頭ではわかってても、もやもやしちゃうのが女の子ってもんよね」

「うんうん。これぼっかりはそうよね」

「恋の悩みっていつの時代も大変だわぁ」

声の愛らしさに反して、言葉の内容は大人びている。そして三人分だ。

リディアは目を丸くして、声のしたほうを見やる。

リディアが今座っている椅子の向こう、カウチの肘《ひじ》掛けの上に、小さな小さなねずみのような生き物が三匹、やはりくっついて団子になりながらこちらを見ていた。アイノやケビよりも一回りも二回りも小さく見える。毛の色は淡い茶色だが、目の上の毛が眉《まゆ》毛《げ》のように白くなっているのが、小さな丸い身体に反してそこだけ勇ましく見えて何とも愛らしい。

「恋ってのは魔物よね。女の子の心を好き勝手に引っ掻《か》き回すんだもの」

「魔物って言えばさ、最近は本物の魔物が出たって話、聞かなくなったよね」

「だって魔物ってもうほとんど絶滅してるんでしょ？　大昔に聖獣様たちがやっつけたから、たまに姿を見せる魔物といえば、当時の討ち漏らしの魔物か、それこそ恋の魔物ぐらいのもんだって」

おしゃべりに花を咲かせている、その見覚えのないねずみ妖精たちにリディアが目を瞬《しばたた》かせると、ねずみ妖精たちのほうも目をぱちくりさせていた。

「あれ？　リディア、こっち見てない？」

「え？　え？　目、合ってる？」

「リディア、もしかしてあたしたちのこと、見えてるの？」

リディアは助けを求めるように思わずアイノを見てしまった。アイノも驚いたように三匹のねずみ妖精を示す。

「あの子たち、前からよくこの部屋に来て、リディアのこと見守ってたんだよ。リディアがこのお屋敷に来たばかりの頃、三日間目を覚まさなかったときにも、あの子たちが身の回りのお世話をしてくれてたって……ひょっとして、見えるようになったの？」

リディアは思わずクッションを抱えたまま立ち上がり、カウチに歩み寄った。そして床に膝《ひざ》をつき、肘掛けと目線を合わせる。きらきらと輝く目で。

「あなたたち……もしかして、『三つ子のミアとニナとテア』？」

わあ、と三匹のねずみ妖精たちも顔を輝かせた。

「本当に見えてる！　嬉《うれ》しい！」

「これからはおしゃべりできるのね、リディア！」

喜びを露《あら》わにしてくれる妖精たちに、リディアも胸が温かくなる。今までのお礼を言おうと口を開きかけた瞬間、一匹が首を傾げた。

「でも、どうして急に見えるようになったのかしら？　ご主人にいっぱい愛されたからを、リディアはただ赤面しながら見ているしかなかったのだった。

……ニナと呼ばれたねずみ妖精が残りの二匹に両側から挟まれて口を塞《ふさ》がれているの

「あっこら、ニナ！　それ繊細な話題だから迂闊《うかつ》に口に出しちゃだめ！」

リディアの力が増したとか？」

その日の夕食も、リディアはエルヴィンドと一緒に中庭で取った。食事を中庭で一緒にするのは、いつからか始まった恒例だ。中庭もリディアの庭と同じように、季節の変化に関係なくいつでも暖かい。この屋敷の敷地内にある庭と名の付く場所は、同じようにエルヴィンドの加護の下にあるのだろうか。

肉汁のソースをかけたミートボールに、ベリーのジャムとマッシュポテト、茹《ゆ》でた豆を添えた一皿は、アーレンバリの伝統的な料理だ。伝統料理の中にはヒェリ・バーリの城壁内で独自の発展を遂げた料理も数々存在するが、そのルーツを辿《たど》ると大抵の場合、元はアーレンバリの郷土料理である。

料理を楽しみながらも、リディアはつい、正面に座るエルヴィンドの顔を窺ってしまう。

彼は食事をしていても、彫刻のような印象を崩さない。思えば人の姿ではなく獣の姿だったときであっても、何かを口にするときの彼の姿は優美だった。

と――その姿が不意にリディアの脳内で、夜明けの彼の姿と重なった。

思わず咳《せ》き込んでしまう。ノアがグラスに注いだ水をさっと差し出してくる。

「どうぞ、リディア様」

「あ、ありがとう、ございます……」

水を飲み、気を落ち着ける。いくら何でも食事の席であまりに不埒《ふらち》なことを考えてしまった。

（もう、ニナが変なこと言うから……）

頭の中でこっそり責任転嫁するが、今は許してほしい。顔が火照《ほて》って仕方がない。

そんなこちらのあれやこれやを知ってか知らずか、エルヴィンドが口を開いた。

「リディア」

「は、はい」

「『オルヘスタルズ』の店舗改装が一段落したと報告があった。そろそろアーレンバリへ一緒に行こうか」

その言葉に、リディアの顔がぱっと輝く。

アーレンバリの繁華街の一等地にあるという百貨店オルヘスタルズには、以前から一緒に行こうとエルヴィンドと話していた。しかし同時期に複数の店舗の入れ替えがあったとかで、しばらく現場がばたついていたらしいのだ。

「ええ、ぜひ。ずっと楽しみにしていました」

「従業員たちもお前に会えるのを心待ちにしている。近いうちに一泊の小旅行でも兼ねて行くことにしよう」

「はい。エルヴィンド様がどんなお仕事をなさっているのか、実際に見てみたかったんです。それにアーレンバリにはずっと行ってみたかったんですけど、今は前よりももっとその気持ちが強いのです。だってエルヴィンド様とノアさんが作った国だから」

ノアが聖獣エルヴィンドからお告げを受けた少年聖者その人だと知った今は、以前の、ただ近代国家を見てみたいという純粋な興味とは違う。大切な人たちが思いを込めて作った場所だ。まだ足を踏み入れたことのないリディアにとっても、そこは既に大切な場所になっていた。

ノアが肩を竦《すく》め、笑う。

「僕の手を離れて久しいですし、今のアーレンバリは当時とはまったく別物ですよ。僕の直系子孫ではなく軍部が国を動かしているので」

アーレンバリが王政を廃し、共和制に移行したときから、王家は旧王家となった。とはいえ諸外国の慶事など、他国の王族が集まる場においては、軍部の上層部ではなく旧王家の人々がその場に出席することになっているそうだ。

リディアはふと浮かんだ疑問を投げかけてみる。

「ノアさんは、アーレンバリの国政にもう一度携わろうと思ったことはないんですか？」

自分が興した国が、当事者からすれば今やすっかり変わり果てた姿になっているのだ。一抹の寂しさがあって然るべきだろうし、携わろうと思えば何とかして携わることがノアには可能なはずである。

しかしノアは首を横に振った。

「歴史的には僕はもう死んだ人間なので。それに僕が関わる意味も理由もありません」

意味が汲《く》み取れずにリディアが首を傾げると、ノアは微笑んだ。

「僕がアーレンバリという国を作ったのは、人々が飢えることなく、安心して穏やかに暮らせる場所を作るためでしたから」

——その願いさえ果たされていれば、祖国がどんなに姿を変えようとも構わない、と。

リディアの胸が、温かいようなどこか切ないようなものできゅっと締めつけられる。

こんな優しい想いのもとで作られた国の中では、どんな辛いことも起こってほしくない。

国王ノア・オルヘスタルをずっと傍で見守っていたエルヴィンドもきっと、今のリディアと同じ思いでいたのだろう。

リディアも微笑み、ノアを、そしてエルヴィンドを見つめた。

「やっぱり、楽しみな気持ちがもっと強くなりました」

温かくも切ない胸の締め付けは何だか心地好《よ》く、リディアはしばらく身を委ねていた。

——だからエルヴィンドが先ほどリディアに告げた言葉の、肝心な文言についてを、出掛ける当日までリディアはすっかり失念していたのだ。

＊＊＊

一週間後――ヒェリ・バーリから馬車を駆り、華の都アーレンバリ市に到着したリディアは、エスコートしてくれるエルヴィンドの手を取ったまま、溜息《ためいき》とともに呟《つぶや》いた。

「……わたし、夢の世界に来てしまったんでしょうか？」

今、リディアの目の前には、アーレンバリ市内でもとりわけ美しい一角である繁華街への入り口が広がっている。

アーレンバリ共和国は地図上で見れば縦に長い国だ。国自体が世界の北方に位置するため、よく知らない者からは全土が年中雪に覆われた寒い国だと思われていることも多く、実際国土の大半は厳しい冬の長い土地だが、実は首都アーレンバリ市を含む南部は、暖流の恩恵を受けて比較的温暖な気候である。この数十年の間に鉄道技術が発達したことによって、外国からの旅行客が増えたこともあり、アーレンバリ市中心部の美しさは人々の知るところとなった。

整備された石畳の通りの脇に立つ、繊細な曲線の飾り彫りが美しい彫刻街灯。秩序立てて植えられた街路樹の間を、色とりどりの花々が埋め尽くす。建物はアーレンバリの伝統的な建築様式を守りながらも近代的な技術が取り入れられ、かつての王国の華やかさを継承すると同時に洗練された景観を形作る。

産業の発展は人々の生活水準を押し上げた。今や庶民の暮らしであっても、四、五百年前の貴族の暮らしぶりを超える、と言われるほどである。豊かさは心に余裕を生み、余裕のある社会では消費は一種の娯楽になる。人々はただ生きるためにのみではなく、人生を楽しむために食べ、楽しむために着て、そして楽しむために暮らすのだ。近年、アーレンバリ市が華の都と呼ばれている所以《ゆえん》である。

城壁に囲まれたヒェリ・バーリの現在の街並みは、主に今からおよそ六百年前から三百年前にかけて形成されたものである。ヒェリ・バーリを評する際によく用いられる表現のひとつに「城壁の中では時が止まっている」というものがあるが、これは文字通り歴史的な街並みを美しいまま保存していることを表わしている言葉でもあり、また時代に取り残されていると揶揄《やゆ》するような言葉でもあった。多くは前者のように好意的に使われる表現なのだが、アーレンバリの中心街の様相を知る者であるならば、後者の解釈をしても仕方がないとも言えるだろう。

洒落《しゃれ》たデザインの庇《ひさし》が設えられたパン屋の店先から、バターやシナモンのいい香りが漂ってくる。その先のアーレンバリ織物を使用した婦人服の店をはじめとする様々な商店を通り過ぎ、若者が集うコーヒースタンドの角を曲がると、中心街の南北をまっすぐ通る目抜き通りに出る。

目抜き通りはその名をアイヴィン通りと言った。北から始まるその通りは、南のアーレンバリ宮殿へと続く。そのちょうど中間地点辺りから放射状にいくつもの大通りが延びていて、各通りに美術館や博物館、王立歌劇場に王立公園、市立図書館など文化的な施設が集結している。中でも百貨店オルヘスタルズを筆頭に商業施設が集まる一角は特に賑《にぎ》やかで、アーレンバリ市街地で繁華街といえばこの通りを指した。

アーレンバリ宮殿には今でも一部の旧王族が暮らしているが、今やその機能の大部分は軍部の拠点であり庁舎である。大部分は、というのは、宮殿の残りの部分は観光名所のひとつとして一般公開されているからだ。軍部が拠点としている区画は厳重に守られているとはいえ、これは戦のない平和な期間が長く続いているからこそできることである。アーレンバリ共和国は軍事国家だが、現在その軍部は政治の執行と国防のためにのみ存在しているのだ。戦闘を行なうのは基本的には外から攻撃を受けたときだけであり、幸いにも共和制への移行後には大規模な戦闘は行なわれていない。この恒久的な平和こそが、今日《こんにち》の美しいアーレンバリの街並みを作り上げたのである。

ちなみに目抜き通りの名となっている『アイヴィン』とは、国生みの聖獣エルヴィンドの名の南部訛《なま》りの読み方である。目抜き通りが完成した数百年前の当時の国王が、初代国王にお告げを与えた聖獣に敬意を表して命名した。その際、聖なる存在を憚《はばか》る意図もあり、また親しみを込める意図もあって、南部訛りの読みを採用したという。

「では、アーレンバリ市の方とお仕事などで初めて会うときには、お名前をアイヴィンと読まれることもあるのですか？」

華やかなアイヴィン通りをエルヴィンドにエスコートされ腕を組んで歩きながら、リディアは問う。質問を投げかけながらも、そのきらきら輝く瞳《ひとみ》は周囲に立ち並ぶ鞄《かばん》屋や帽子屋、多様な飲食店に絶えず奪われている。

楽しげなリディアを満足そうに見やりながら、エルヴィンドは首を横に振った。

「ヒェリ・バーリの党首として会う場合には、間違われることはない。これでも名は知られているからな」

それもそうか、とリディアは頷《うなず》いた。考えてみれば当たり前のことを訊《き》いてしまった。

視線を今度は紅茶屋に併設されたティールームのおしゃれな店構えに奪われながらも、ふと疑問が浮かぶ。

「では、実業家としてお会いになる場合には……？」

「人間社会で使用する通称を使うのだ。人間として、姓のあるものを」

リディアは首を傾げ、エルヴィンドを見上げた。便宜上の通称として姓を使用することがあるとは聞いていたが、名前のほうも変えるということだろうか。

エルヴィンドは見上げるリディアの前髪に口づけし、微笑んだ。

「エリアス・シェルクヴィスト、という」

「エリアス、様……」

その名はこの上なくエルヴィンドに似合っているように思えた。謂《い》わば偽名ということなのだろうが、エリアスという名が持つ高貴さと、澄んだ湖に針葉樹の葉の緑が映り込んだような清々《すがすが》しさは、まるでエルヴィンドのためにある響きのように感じる。

不意に頭の中に、湖の畔《ほとり》に静かに座る高貴な詩人の姿が思い浮かんだ。昔オーケリエルムの屋敷の屋根裏で読んだ本の挿画だ。

「そうだわ。子どもの頃に読んだお伽噺《とぎばなし》の古典集に登場した詩人がエリアスという名前でした。今思えば、エルヴィンド様に似た印象の登場人物だったような……」

「百五十年前の小説家の作品か？」

「はい。エルヴィンド様も読まれたことがおありですか？」

エルヴィンドは頷いた。

「その小説家が生きていた頃に、縁あって草稿を読ませてもらったことがある」

「……わたし、まだ時々エルヴィンド様がすごく長命でいらっしゃることを忘れて、驚いてしまいます」

呆《ほう》けたように呟くリディアに、エルヴィンドは笑った。

「百年ほど前だったか。それまで長く使っていた通称に飽きて――というよりも書類の管理が煩雑になってきて、新しい通称を考えていたときに、ノアがその登場人物にちなんでエリアスはどうかと提案してきたのだ。私に雰囲気が似ているからちょうどいいのではないかと」

「ノアさんもそう思われたんですね」

「私をモデルにしたと小説家本人が言っていたのを、ノアは知らないはずなのだがな。よほど似ていたようだ」

今度こそリディアは驚きで口をぽかんと開いてしまった。リディアが知らないだけで、そんなふうに様々な人間たちにエルヴィンドが残してきた影響の断片のようなものが、この人間社会にはまだまだたくさんあるのだろうという気がした。何しろ千五百年もの長い時間だ。それこそ途方に暮れるほどの多くの痕跡《こんせき》が、そこかしこに、きっとこのアイヴィン通りの中にもあるに違いない。

と、またシナモンのいい香りが漂ってきた。さっき街の入り口で通り過ぎた店よりも店構えが立派で品数も多いパン屋がすぐそこにある。ティールームも併設されていて、購入したパンを中で食べることもできるようだ。

リディアは窺《うかが》うようにエルヴィンドを見上げてみた。

「……おいしいシナモンロールのお店も、エルヴィンド様はきっとご存じですよね」

パン生地にシナモンをはじめとする数種類のスパイスを巻き込んで焼き上げ、粒状の砂糖を振りかけて甘みを足したシナモンロールも、アーレンバリで親しまれている郷土料理だ。ヒェリ・バーリでは粒状の砂糖の代わりにアイシングを使用するのが一般的で、リディアもオーケリエルムの屋敷にいた頃はレシピに従ってそうしていた。アーレンバリ式のシナモンロールのおいしさを知ったのは、エルヴィンドの屋敷に来てからだ。

エルヴィンドはリディアの頬に口づけ、組んでいた腕を解《ほど》いて腰を抱き、引き寄せた。そしてそのままリディアをパン屋のほうへエスコートする。

その自然な触れ合いに、リディアはふと一抹の寂しさを覚えた。

エルヴィンドの態度はとても慇懃《いんぎん》だ。触れる手も唇も優しい──まるで幼子を愛《いと》おしむみたいに。

まるで、自分の妻ではなく、よそのご婦人を一時的にエスコートしている紳士みたいに。

「私の花嫁は運がいい。ここはこの辺りで一番の店だ」

微笑むエルヴィンドに、リディアは頭に浮かんでいた雑念を慌てて振り払う。そして、わあ、と顔を綻《ほころ》ばせてみせる。

「わたし、一度でいいからアーレンバリのティールームでお茶をしてみたかったんです」

「では、花嫁が満足するまでアーレンバリ中のティールームを回ろうか」

リディアは思わず笑った。エルヴィンドが言うと、本当に叶《かな》えてくれそうだ。アーレンバリのティールームに入れるだけでも夢のようなのに。

(その上、エルヴィンド様と一緒にだなんて)

温かい喜びに、一瞬で胸がいっぱいになる。清潔で都会的な店内も、迎えてくれる店員の笑顔も、自分たちと同じようにこの時間を楽しんでいる他の客たちの賑わいも、焼きたてのパンの香りも、すべてが得がたいものだ。以前の自分からすれば、一生手の届かなかったであろう美しいものたち。

──それなのに。

店内でエスコートしてくれるエルヴィンドの、こちらの腰に回された手は、やはりあくまでも紳士的である。当たり前だ、街の中なのだから。小さな子どもにするような口づけも、人前なのだからそれで当然だと思う。

だというのに、触れるか触れないかの彼の手つきに、リディアの胸がやはり、きゅっと引き絞られるように痛んだ。

（……嫌だわ。こんなに幸せなのに、わたし……物足りない、なんて感じちゃってる）

人間とは贅沢《ぜいたく》な生き物だ。得たら得た分、もっと欲しくなってしまう。

リディアは慌てて首を振り、その場に満ちるシナモンの幸福な香りに意識を集中させようと努めるのだった。


ティールームで本場のアーレンバリ式シナモンロールの味を楽しんだ後、二人は宮殿や美術館、市立図書館など、観光案内の本で必ず名所として取り上げられる場所を回れるだけ回った。

リディアは本でしか見たことのなかった観光名所の数々を自分の目で見ることができて、まるでお伽噺が現実になったような心地がした。荘厳な建物を前に、本当に実在していたんだ、としみじみ実感するのはとても不思議な喜びだった。

アーレンバリは冬になると夜が極端に長くなるが、十月はまだ日没はさほど早くない。市街地では短距離移動のための小型の辻《つじ》馬車を捕まえるのにも困らないので、暗くなるまで目いっぱい観光を楽しむことができた。一番の目的地でもある百貨店オルヘスタルズや関連施設は、明日ゆっくり見物する予定である。

「本当に夢の中にいる心地です。何度も本で読んだ場所に、本当に自分がいるなんて」

今夜の宿泊場所へと向かう辻馬車の中、半ば興奮気味に頬を紅潮させながら、リディアは隣に座るエルヴィンドのほうへ身を乗り出した。

ちなみにエルヴィンド邸から乗ってきた馬車は、御者とともに先に宿に入って待機している。アーレンバリの人たちのように辻馬車で移動してみたい、というリディアの小さな要望をここでもエルヴィンドが叶えてくれた形だ。

ともあれエルヴィンドは、座席の背もたれから離れたリディアの腰に腕を回してきた。揺れる馬車の中でリディアが転倒しないよう、支えてくれている格好だ。

「お前は宮殿よりも図書館に目を輝かせていたな」

その言葉に、膨大な蔵書を前についはしゃいでしまった先ほどの自分を思い出し、リディアは赤面した。

「わたし、自分で思っていたよりももっと、本が好きだったみたいです」

「長い間お前の心の支えのひとつだったのだから当然だろう」

確かにその通りだ。もしオーケリエルムの屋敷の屋根裏部屋に本がなかったら、リディアは文字を読むことも、薬を作る方法を知ることもできなかった。あの幼い日にもし部屋の大掃除をせず、本を見つけることもなかったとしたら。そんなもしもの人生の分岐を思わず想像し、不安で眉《まゆ》を顰《ひそ》めてしまう。

エルヴィンドはそんなリディアの頭を抱き込むようにして、前髪に口づけた。

「屋敷の中に図書室を作ろうか。書庫には、お前は遠慮して入ろうとしないから」

「だって、貴重そうな本がたくさんありすぎて、とても触れません」

「使わなければ、ものはそこにないも同然だ。私はもうすべて読み尽くしてしまったから、お前が手に取ってくれれば本も喜ぶだろう」

それで書庫の本たちが再び存在意義を得る、ということだろうか。その考え方はとても、ものに対して温かく、ものを尊重している気がした。

「読書のための心地の好《よ》い部屋を作って、そこに書庫の本をすべて移してしまおうか。ノアに怒られるかもしれないが、お前のためならば何も言えないだろう」

怒られる、という言い回しに、リディアは思わず吹き出す。従者の少年に怒られているエルヴィンドの姿を、実際リディアは何度か目撃している。

「では、ヒェリ・バーリの街の書店に定期的に新しい本を買いに行って、その図書室に少しずつ足していくのはどうでしょう。それをノアさんにも息抜きに自由に読んでもらうんです。そうすればエルヴィンド様も新たに読むものができますし」

「それは名案だ。帰ったらさっそく検討するとしよう」

この素晴らしい計画に、リディアの胸が高鳴った。エルヴィンドは当然、図書室のためのその新しい本を買ってくれるつもりだろう。その気持ちも勿論《もちろん》嬉《うれ》しい。だがそれ以上にリディアの中には、一冊でいいから自分のお金で買ってみたい、という思いが芽生えていた。活気あるアーレンバリの街中に半日いたことで、自分の中にも何か生命力のような、明日への活力のようなものが湧いたからかもしれない。

二人を乗せた辻馬車はやがて繁華街を抜け、閑静な一角に建つホテルの前に到着した。この区画にはかつて貴族の邸宅だった屋敷を宿泊施設に改装した建物がいくつもあり、ここはその中でも特に豪奢《ごうしゃ》な一棟だ。公務であれば宮殿の敷地内にある迎賓館を利用するところだが、今日のエルヴィンドはあくまで実業家エリアス・シェルクヴィストである。また、宿泊施設の中には屋敷を一棟まるごと貸し出すようなところもあるが、ここでもエルヴィンドはリディアの希望を聞いてくれて、今回は他の宿泊客も当たり前に何組も泊まるような場所だ。

馬車を降り、ドアマンに出迎えられてホテルの入り口の扉を潜る。すると待ち構えていた壮年の支配人がすぐにこちらに歩み寄ってきて、エルヴィンドに恭しく挨拶《あいさつ》した。

「お待ちしておりました。エリアス・シェルクヴィスト様でございますね」

挨拶を受ける二人の傍にポーターがやってきて、さりげなく手荷物を預かっていく。宿泊のための大きな荷物は御者が先に運び入れてくれているので、リディアなど本当に自分で運べる程度の小さな手荷物しか持っていないというのに。こういう場が堂に入っているエルヴィンドに対し、リディアは何度経験してもまったく慣れる気がしない。

そわそわと落ち着かないリディアに、支配人が微笑み、頭を下げる。

「どうぞ当ホテルでごゆっくりお過ごしくださいませ。リディア・シェルクヴィスト様」

不意に告げられたその名前に、リディアは思わず固まった。

まったく思いがけない衝撃がじわじわと這《は》い上がってきて、頰にまで達し、急激に熱を持つ。

（リディア……シェルクヴィスト……）

そうだ。今のエルヴィンドはエリアス・シェルクヴィストで、自分はその妻。世の中のごく当たり前の夫人は、ごく当たり前に夫の姓を名乗る。

――聖獣であるエルヴィンドは姓を持たない。その花嫁となったリディアも、かつてのオーケリエルムという生家の姓をなくしたはずだった。

それがまさか、通称とはいえここで姓を得られるだなんて。

先導する支配人の後ろを、エルヴィンドに手を引かれながら部屋に向かって歩く。繫《つな》いだ彼の手のひらがいつもより少し熱い気がする。いや、熱いのはこちらの手のひらだろうか。

「こちらが本日のお部屋でございます」

一室に辿《たど》り着き、支配人が扉を開く。そこには温かく落ち着いた色合いの、居心地の好さそうな居室が広がっていた。言わずもがな、家具調度はリディアが少し尻込《しりご》みしてしまうような高級品ばかりである。

「このお屋敷の元の持ち主であった侯爵邸で実際に使用されておりました家具の中でも、とりわけ価値の高いものをこのお部屋に揃えております。ベッドルームはあちらでございます」

支配人は誇らしげに、奥まった一角に置かれた一台の大きなベッドを示した。

と、エルヴィンドがそちらを見て眉を顰める。

「ベッドは二台の部屋のはずでは？」

「はい。ご予約をお受けした従業員の手違いでベッドは二台とご案内していたようなのですが、ご夫婦でお泊まりとのことでしたので、急ぎこちらのお部屋をご用意させていただきました」

その節は大変失礼いたしました、と支配人が深々と頭を下げた。

しかしそんな謝罪など、リディアの耳にはまったく入ってこなかった。

頭が真っ白になっているリディアの横で、エルヴィンドが支配人に僅《わず》かに詰め寄る。

「他に空きは？」

「は……、他のお部屋は、申し訳ございませんが既に全室埋まっておりまして。どなたかお連れ様がお越しでしょうか？」

「いや……そういうわけ、では」

言い淀《よど》むエルヴィンドに、支配人は胸を撫《な》で下ろす仕草をした。

「それはようございました。本日はこの一帯のすべてのホテルが満室でして、せっかくお越しいただいてもご案内できない状況でございますものですから」

では、と支配人はまた恭しくお辞儀をして、部屋から出て行った。

支配人の言葉がリディアの頭の中に残響している。真っ白な頭に、それは却《かえ》って冷静に嚙《か》み砕《くだ》く余地をこちらに与えてきた。

(ってことは……わたし、今夜はエルヴィンド様と一緒に……)

頰が熱くなり、何だかエルヴィンドの顔を見られない。

彼は額を押さえ、嘆息した。そしてまったく思いがけないことを言い出す。

「……仕方ない。今夜はお前が一人であのベッドを使え」

え、と今度はリディアの頰から熱が急激に引いていく。

「では、エルヴィンド様は……」

「私は床で構わない。獅子《しし》の姿であれば岩の上でも眠れるからな」

ここなら絨毯《じゅうたん》があるだけ十分だ、とエルヴィンドは何てことはないとばかりに告げてくる。確かにこの部屋に敷かれている毛足の長い絨毯は、ここで寝そべっても気持ちよさそうだとリディアも思うほど柔らかいが、そういう問題ではない。

聖獣はこの世界の森羅万象に宿る妖精《ようせい》の長《おさ》、謂《い》わば大自然そのものだ。その自然の一部として、人工的なベッドの上でなくとも寝られるというのは、確かにその通りなのだろうと思う。しかしいくら獅子の姿になれるといっても、リディアにとってはエルヴィンドは人間と何ら変わらない存在だ。まして大切に思う相手を床になど寝かせられない。

この場合、床に寝るべきは自分だとも思う。

――しかし、普段のリディアであれば疑いなくそういう思考に行き着くだろうに、今リディアは別の胸の痛みを感じていた。

（……それほどまでに、わたしと一緒には……いたくないということ、なのかしら）

あの一夜を経てから今日までの彼の態度に、自分の考えすぎだと何度も言い聞かせてきた。けれども今、どう考えても現実を突きつけられてしまった。

リディアは思わず衝動的に彼に歩み寄り、そして彼の上着の裾《すそ》を掴《つか》んだ。本当は手を取るなどできればよかったのだが、そんな勇気は湧いてこなかった。

「……別々は、嫌です」

最初から別のベッドを宛《あて》がわれるのと、同じ部屋にいて同じベッドを宛がわれたのに別々に過ごすのとでは意味が違う。

振り払われるかもしれないとも思ったが、エルヴィンドはじっとリディアの言葉に耳を傾けてくれている。そのことに後押しされ、リディアは振り絞るようにして続けた。

「エルヴィンド様と……一緒に、いたい、です」

リディアの望みなら何でも叶《かな》えたいと言ってくれた、あの日のエルヴィンドの記憶に縋《すが》りつくように、そう告げた。

エルヴィンドの反応を知るのが怖くて顔を上げられない。まるで死刑宣告を待つ囚人のような心地で、彼の上着を掴む真っ白な自分の手を見つめながら、返答をじっと待つ。

彼の手が伸びてきて、上着を掴むリディアの手に触れる。とうとう振り払われるのかと覚悟を決めるが、それに反して彼はこちらの手を取ったまま歩き出した。部屋の奥、大きなベッドがあるほうだ。

窺《うかが》うように見上げるリディアの前髪に、エルヴィンドは癖のように口づけした。

「お前はあちら側、私はこちら側にしよう。心配しなくとも、ただ隣で眠るだけだ。何もしない」

その言葉に、え、とリディアは瞠目《どうもく》する。

「心配？」

「ああ」

混乱するリディアに、エルヴィンドは宥《なだ》めるように微笑んだ。繋いだ手すらもリディアを労《いたわ》るように、その親指がこちらの手の甲を撫でる。

「お前の身体に大変な負担を掛けることはわかっていたつもりだった。だが実際に痛みに耐えるお前を目の当たりにしたら、胸が強く痛んだのだ」

（痛み——）

リディアは記憶を反芻《はんすう》する。

確かにあの夜、身体の痛みはあった。そしてその痛みは明け方のほうが強かった。火花が爆《は》ぜるような、あるいは冬の寒い日に指先に不意に走るあの強い電流のような痛みだ。エルヴィンドの手や唇がリディアの肌に触れるたびに、熱いような痺《しび》れるような感覚とともに、絶えずそんな痛みがあった。

けれどもリディアは不幸にもその生い立ちから——いや、この場合は『幸いにして』

か——、痛みには耐性があるほうだという自負がある。それにこういうことに関しての知識はほとんどないに等しかったから、そういうものだと受け入れていた。

要するにリディアにとっては、あの痛みは何の問題もないものだったのだ。

そればかりかあのときは、エルヴィンドが本当に自分に触れてくれているのだという実感がその痛みからありありと伝わってくるようで、心地好《よ》くすらあった。

しかしそれを口にするのはあまりにもはしたない気がしたので、リディアは思わず唇を引き結んだ。それを自身の言葉に対する首肯と同義だと受け取ったのだろう、エルヴィンドは続ける。

「お前に触れられることは、私にとっては大きな幸福だ。だがそれはお前の苦痛と引き換えにしていいものではもちろんない」

「わたし——わたしにとっても、エルヴィンド様と触れ合えることはこの上ない幸福です。本当に、心からそうなのです」

必死に言い募るリディアの唇に、エルヴィンドの人差し指の先が触れる。

「前にも言っただろう。少しずつ慣れていけばいい。焦る必要などないのだ。それに不慣れな土地に来て、今日は疲れているだろう。今夜は二人でゆっくり休もう」

言葉の通り優しく労るような声音に、リディアは何だか鼻の奥がつんと痛んだ。ここまでこちらを気遣ってくれる人に、危うく我儘《わがまま》を言って困らせてしまうところだった。

今は彼の優しさをありがたく受け取ることにしよう。

と、ふと疑問が浮かぶ。

「……それなら、どうして床で寝るだなんておっしゃったんですか？」

結局寄り添って眠ってくれる気持ちがあったのなら、あんなふうに拒絶する言葉を口にする必要はなかったのではないか。そんな恨みがましい気持ちをほんの少し滲《にじ》ませて問うと、エルヴィンドは苦笑した。

「お前が私にとって、芳しい香りを放つ花だからだ。理性を失いその花に飛びついてしまわずにいられる自信がなかった」

ぼっ、とまた頰が燃えるように熱くなる。両手で頰を挟むように押さえ、思わず顔を隠した。

「な、なんてことをおっしゃるんですか……！」

「本当のことだからな。私の隣で無防備に眠られては、いつ襲ってしまうかわからないぞ」

エルヴィンドの声が耳もとで聞こえ、吐息が当たるのを感じる。

「か、からかうのはおやめください……！」

思わず泣き出しそうな声を上げてしまう。すると耳もとのエルヴィンドの声が笑った。そして両腕が優しく抱き締めてくれる。やはりあくまで紳士的な手つきで。

「冗談だ。今夜は安心して眠るといい」

「……はい」

小さく答えて、リディアはエルヴィンドの胸に身を委ねた。彼の腕の中がリディアにとって、幼子のようにすぐにも眠ってしまいそうなほど安心できる場所であるというのも、抗いようのない事実なのだ。

あの一夜以降、彼に触れるたびにリディアの胸がどきどきと強く収縮するようになってしまったという変化があったのもまた、目の背けようのない事実だけれども。

こっそりと窺うようにエルヴィンドの顔を見上げる。すると彼が金色の双眸《そうぼう》をほんの一瞬見開き、息を呑《の》んだのがわかった。

リディアは今、自分が潤んだ瞳《ひとみ》をしていて、頬がバラのように色づいていることを知らない。

リディアの背中を抱いていたエルヴィンドの手が、引き寄せられるようにリディアの首筋に触れた――そのときだ。

エルヴィンドの指先と、リディアの首筋との間に、またあの火花のような電流が走った。

リディアは驚き、思わず自分の首筋を押さえる。それはやはりあの夜と同じように、痛みのような痺れのような、あるいは熱さのような感覚だったのだ。

エルヴィンドも少し驚いた顔をしている。が、それはリディアの反応に対してであるように見える。

「すまない。驚かせるつもりはなかった」

「い、いえ……大丈夫、です」

エルヴィンドの指先が、今度は労るような優しさを含んでリディアの手の甲に触れる。火花のようなあの痛みは、今度はない。

彼はリディアの頬に軽く触れるような口づけをし、身体を離した。

「食事に行こう。ホテル内の店を予約してある」

そうしてまた至って紳士的なエスコートを受けながら、リディアは首を傾げた。

（エルヴィンド様は、何も感じなかった……のかしら？）


その夜、リディアとエルヴィンドは並んで眠りに就いた。エルヴィンドは彼自身の言葉通り、リディアにおやすみのキスをした後は指一本触れてくることはなかった。リディアのほうも彼の真心を無下にはするまいと、本当はその腕の中に潜り込みたい気持ちをぐっと堪《こら》えて目を閉じた。

とはいえ翌朝目覚めてみたら、エルヴィンドの腕の中にすっぽりと収まっていたのだけれども。大事に守られているようなその体勢に、胸の中が温かくなり、思わず微笑んでしまった。

身支度をして、昨夜と同じホテル内のレストランで豪華な朝食を取った後は、いよいよ今回の小旅行の一番の目的である。

高まる期待を堪えきれずに、リディアは辻《つじ》馬車の中から窓の外の景色をきらきらと輝く瞳で眺めた。いつその目にオルヘスタルズの外観が飛び込んできてもいいようにと、どんな小さな景色でも見逃さないつもりで、華やかな街並みを見つめる。

やがて一際大きな交差点の角に、宮殿のように豪奢《ごうしゃ》な建物が見えてきて、リディアは思わず歓声を上げた。横にどこまでも長く続いているように見えるほど巨大なその建物は、都会的で洗練された佇まいで、交差点の角の部分にあたる壁には、大きく縦書きで『オルヘスタルズ』と書かれている。

入り口の前には馬車が列になっており、リディアたちを乗せた馬車もその最後尾に並んだ。行列は長いように見えたが、ドアマンたちの華麗な仕事ぶりにより、ほどなくリディアたちの番が来る。

馬車を降りると、年嵩《としかさ》のドアマンがエルヴィンドを見て瞠目《どうもく》した。彼が口を開く前に、エルヴィンドは人差し指を自分の口もとにあててみせる。今日は仕事ではなく完全にプライベートでの訪問だということをそれで察したのだろう、ドアマンは他の客に接するのと同じように笑顔で対応してくれた。彼が開いてくれた扉を潜り、中に入る。

「わぁ……！」

玄関ホールに入った途端、リディアは歓声を上げた。正面に中二階へと続く白い大理石の大階段があって、それがまるで物語に出てくるお城の階段のように思えたのだ。今にもお伽噺《とぎばなし》のプリンセスが豪華なドレス姿で下りてきそうである。

しかし驚きはさらにその先にあった。中二階がメインホールだというので階段を上ってみると、そこは広大な吹き抜けになっていたのだ。円形のメインホールを取り囲むように様々な店舗が立ち並び、それが五階まである。そしてその上部を、豪奢に装飾されたガラスの円天井が覆っているのである。

アーレンバリ宮殿もこの世のものとも思えない美しさだと思ったが、この場所は別種のそれだ。メインホールから五階までを埋め尽くす店舗の色彩や、買い物を楽しむ華やいだ人々の笑顔が、この場所の景観を完成させている。

しかしそれらのものがまったく霞《かす》んでしまうほど、リディアはメインホールを挟んで向かいに位置しているものに視線を奪われ、そのあまりの美しさに思わず立ち尽くしてしまった。

それは花屋だった。

メインホールに面した広い店先に、数え切れないほどのバケツが置かれていて、その中に色も種類もとりどりの花がぎっしりと並べられている。店はその奥まで続いているようだが、表に出ているものだけでも、誇張ではなくリディアの花壇の百倍の密度なのではと思うほどの膨大な量だ。

思わず圧倒されてしまったリディアに、笑い混じりにエルヴィンドがその手を引く。

「あれがアーレンバリで一番大きな花屋だ」

そう言って先導して歩き出すので、リディアは夢の中を歩くようにふわふわとついていく。花屋へと向かう道すがらにも、量り売りのチョコレートを売るスタンドや、パンやコーヒーを出すカウンターなどがひしめいている。この場所はありとあらゆる素敵なもので溢《あふ》れているのに、リディアの目には今やあの花屋しか入っていない。

「さっきのドアマンだが」

エルヴィンドが思い出したように言った。その穏やかな語り口調にリディアはふと、ひととき夢の中から引き戻される。

「あの者は長くここに勤めてくれている。何度か昇進の打診をしたのだがすべて断られてしまった」

リディアはドアマンの笑顔を思い返す。確かに他のドアマンたちは彼よりも遙《はる》かに年若かった。

エルヴィンドは懐かしむような微笑みを浮かべた。

「ドアマンの仕事に誇りを持っているから、身体が動かなくなるまで勤め上げたい、と」

そう告げるエルヴィンドの声は慈愛に満ちている。それはまるで神官たちに向けるような、親愛と信頼を多分に含んだものだった。

そのことに、リディアの胸も温かくなる。エルヴィンドの傍に信頼し合える人がいると知るたびに、不思議な安堵《あんど》を感じるのだ。

これはきっと、千五百年の孤独に実はノアが寄り添ってくれていたのだと知ったときの、あの安堵感ととても近い感情だと思う。

「すごく素敵なことですね。そんなにもご自身のお仕事を愛していらっしゃるなんて」

「ああ。だから私もこれからもこのオルヘスタルズを守り、発展させていかなければな」

そう告げ、辿《たど》り着いた花屋の店先に、エルヴィンドはリディアを送り出すようにエスコートした。

遠目に見ても圧倒的だったのに、いざ目の前にすると呼吸すら忘れてしまう。見たこともないほどの種類と数の、咲き誇る花々の色彩と、むせかえるような芳香が洪水のように溢れ、呑み込まれそうになる。

書物の中でしか見たことのなかった花。書物の中ですら見たことのない花。

それらが完璧《かんぺき》なバランスの美しさでもって陳列され、広い売り場を埋め尽くしている。

「……すごい……」

それだけを呟《つぶや》いて、リディアは店先に立ち尽くしたまま、夢見るように花々に見入った。

店員の若い女性がそんなリディアに気付き、笑顔で近づいてくる。

「いらっしゃいませ。どうぞ中までお入りになって、ゆっくりご覧になってくださいませ」

思わずエルヴィンドのほうを見ると、彼は頷《うなず》いた。

「気に入った花があればお前に贈ろう。好きなものを選ぶといい」

「……！　はい、ありがとうございます」

リディアは目を輝かせ、やはり夢見心地のふわふわとした足取りで、まさに夢のようなその空間を見て回った。店内を一周した後、店先で待っていたエルヴィンドのもとに戻ったリディアは、どうだったかと問われ、頬を紅潮させたまま勢い込んで答えた。

「す、すごかったです……！　こんなにたくさんのきれいなお花が一箇所に集まっているなんて。まだ自分の目が信じられないほどです」

エルヴィンドは少し笑いを堪えるような表情をした。

「どの花にするか決めたか？」

リディアは思わず眉《まゆ》を下げた。

「……お花を選ぶという考えが、すっかり頭から消えてしまってました。あんまり素敵だったので……」

こんなに素敵な場所がこの世にはあるのか、という大きな感動で、リディアは花屋を出た後もしばらくぼうっとしてしまった。

その後も、二人は似たようなやり取りをそこかしこでした。オルヘスタルズの中には婦人向けのドレスや化粧品、香水や贈答用の菓子などのテナントが多数入っている。ドレスひとつ取っても、この店は可愛らしく、あの店は大人っぽく、また別の店は生地に拘《こだわ》っているなど、見どころがあまりに多い。それらを見て回っては、エルヴィンドはリディアが欲しいものを贈ってくれようとするし、リディアは自分が何が欲しいのかもわからないままに、素敵な品の数々に目を回すのだ。

視界に飛び込んでくる情報の多さにリディアが本当に眩暈《めまい》を感じかけたそのとき――

ふと、一軒の化粧品店が目に留まった。

その店は他の店に比べると飾り気が控えめで、どことなく牧歌的でありながら、それでいて洗練されている。何だかエルヴィンドがリディアに与えてくれるドレスや小物に雰囲気が似ているような気がしたのだ。

思わずそちらに足が向くリディアに、エルヴィンドは満足げに頷いた。

「ここはオルヘスタルズが手がけている店だ」

「そうなのですか？」

「先頃の事業拡大の折に化粧品部門を立ち上げたのだ。他にも食品などの部門もあるが、今一番力を入れているのはここだな」

「それは、なぜでしょう？」

「アーレンバリでは女性の社会進出が進んでいるからだ。勤め先の様々な業種に合った色展開。毎日使うものだから、安心して使える確かな品質でありながら高価すぎない価格帯。そういったものが急激に求められている」

リディアは思わず目を瞬《しばたた》かせた。女性のものというイメージの強い化粧品のことをエルヴィンドが説明してくれることにも、その経営者らしい一面にも、普段の彼とは違った物珍しさを感じたのだ。

店内は女性客で賑《にぎ》わっている。友人同士であったり母娘《おやこ》連れであったりと様々だ。他の婦人向けの多くの店と同様に、店員もまた女性だった。そして他の店舗に入ったときにも必ずそうであったように、女性客も女性店員も皆、エルヴィンドの姿を見て頬を紅潮させ、華やいだ声を上げたり、遠巻きに見つめたりしている。

リディアは一番近くの棚に陳列されている試供品の瓶を手に取ってみた。曲線的な絵柄で描かれた一輪のバラが印刷されているその小さな瓶もまた、リディアが自分の部屋に並べて置いてみたいと思うほど好みだった。豪華で存在感のある香水瓶なども見ている分には美しくて胸が昂揚《こうよう》するが、この瓶は心華やぐかわいらしさがありながらも、特別なときだけでなく普段から何気なく使える、すっきりと生活に馴染《なじ》む雰囲気がある。

蓋《ふた》を開けて香りを嗅《か》いでみると、絵柄の通りのバラの芳しい香りがした。強すぎず、本当にバラの咲き誇る庭にいるような錯覚を覚える香りだ。

「商品開発には実際の客層に近い女性従業員たちが携わっている。売り上げの急増に伴い、より安定した製品の供給のために、少し前から大規模な工場も稼働しているが、そこでも多くの女性を雇用している」

アーレンバリを含む多くの国々では、近年まで労働とは主に男性が行なうものだった。働きに出ようとする先進的な女性を煙たがる向きもあったのだそうだ。リディアは実母が経営者であったために別段そういった偏見はなかったのだが、誰にとっても未来の選択肢が増えるというのは、そうでない場合よりも遥かに喜ばしいことだろうと思う。

（それに……）

ふと、化粧品工場で働く自分の姿を想像してみる。工場というものを実際に見たことがないので本当に想像でしかないけれど、きっとたくさんの同僚がいて、一緒に作業している。例えば自分が工場で搾《しぼ》り出したバラの精油が、様々な工程を経て瓶詰めされ、オルヘスタルズの店舗の棚に並ぶ。

そして棚から化粧品を手に取った客は、笑顔でバラの香りの芳しさに浸るのだ。その日からその客の日常に、オルヘスタルズの化粧品が加わる。

自分の仕事が、顔も名前も知らないどこかの誰かを笑顔にする。その人生の幸福に、ほんの一滴携われる。それはとてつもなく素敵なことに思われた。

（だけど、……もし贅沢《ぜいたく》を言っていいのなら、わたしにとってもっと素敵なことは……）

目の前で何種類もの化粧品を買い求めていく大勢の客の、その華やいだ笑顔を眩《まぶ》しげに眺めながら、リディアは思う。

もし、今目の前にいるその人を、自分の仕事で笑顔にできるなら。

そしてそれがもし、自分が最も得意とすることであったり、自分が最も誰かの役に立てるであろう、誰よりも自分自身が誇りと自信を持って、その人の前に立てるであろう分野であったなら。

「お前なら、何をやってみたいと思う？」

ごく軽い雑談のように、エルヴィンドがそう問うてくる。

それを問われたとき、リディアの頭の中には、あの花屋の溢れんばかりの色彩が真っ先に浮かんでいた。

あの夢の中をふわふわと歩くような感覚の中で、自分が心の底で何を思っていたのか、それを今、リディアはようやく自覚したのだ。

（わたし……もしわたしがアーレンバリで働く女性なら、あんなふうに、お花をお仕事にしてみたい）

花は見る者の心を慰め、励まし、ただそこにあるだけでその生活を豊かなものにしてくれる。時には生きる支えにさえなってくれる。

ただでさえそんな多種多様の花々に、さらにリディアの治癒能力が加われば、今までは身近な人たちにだけ分け与えていた様々な薬を、もっと大勢の困っている人に渡してあげられるかもしれない。

あんなふうに店先に自分が立って、自分が愛情を込めて育てた花を、目と目を合わせて誰かに手渡す。

顔も名前も知らなかったはずの、どこかの誰かを笑顔にし、その役に立てる。今までのリディアなら大それた願いだとすぐに諦《あきら》めていたことが、本当は懸命に努力すれば手が届くのかもしれないと——そう夢見ても構わないのだと、この活気に満ちたオルヘスタルズの空気が思わせてくれる。

瞳《ひとみ》を輝かせたまま夢想に没頭するリディアに、エルヴィンドは微笑み、いつものように前髪に口づけを落とす。

それを見ていたのであろう女性客たちから、きゃあ、とまた華やいだ声が上がった。

二ノ章　禍いの足音

アーレンバリで夢のような二日間を過ごしたリディアたちは、夕方、たくさんの土産を抱えてヒェリ・バーリの屋敷へと戻った。

荷物の大半はエルヴィンドからリディアへの贈り物だったが、ノアやねずみ妖精《ようせい》たち、ハンスをはじめとする日頃お世話になっている神官たちへの土産も山ほどある。

翌日、その土産のうちのいくつかを手に、リディアとエルヴィンドは連れ立って出掛けた。行き先は屋敷や神殿がある丘を下った先にある住宅街だ。

実はそこには今、リディアが祖母のように慕うビルギットが暮らしている。ユルドに半ば精神を支配されてしまっていたとはいえ何度も暴力を振るった息子から保護するために、エルヴィンドが家を用意してくれたのだ。それ以来リディアは様子見がてら、よく一人で彼女の家に遊びに行っていた。

彼女の息子のテオドルは、今は彼のような者が入る施設にいるらしい。ユルドの欠片《かけら》が身体から抜けた彼はすっかり反省し、別人のように意気消沈して日々を過ごしているそうだ。手続きを踏めば面会も可能らしく、ビルギットもたまに息子に会いに行っているという。

どんなに酷《ひど》い目に遭わされても、女手一つで息子を育ててきた時間はかけがえのないものだったとビルギットはリディアに語った。同じ肉親であっても、リディアはもし実母と実姉に面会していいと言われても自分はしないだろうと思う。ビルギットの抱える胸の痛みに寄り添うことしかできないが、それでもほんの僅《わず》かでも心の慰めになりたかった。

エルヴィンドが彼女に用意した家は、小さくてかわいらしい佇《たたず》まいの、高齢の彼女にも使い勝手のよさそうな建物だった。ビルギットはリディアが訪れるたびに、田舎に遊びに来た孫を迎えるように歓迎してくれた。たまにエルヴィンドもリディアに同行し、庶民の温かい暮らしをひととき楽しむこともあった。ヒェリ・バーリの人々にとってエルヴィンドは信仰の対象だが、よその土地の人々が思うそれよりも、エルヴィンドと人々との距離は近い。手の届かない神様というよりは、身近な守り神のような存在なのだ。だからだろうか、ビルギットはエルヴィンドに対しては『孫娘の旦那《だんな》さん』といった感覚ですぐに打ち解けていたようなのだが、ノア少年に対してだけはいつまでも伝説上の神様を崇《あが》め奉るような態度なのが、リディアには何だかおかしかった。

リディアたちがビルギットの家に到着すると、彼女はちょうど庭先の花に水をやっているところだった。こちらの姿を見て、嬉《うれ》しそうに破顔する。

「おや、今日はお揃いだね。いらっしゃい」

「おはようございます、ビルギットさん」

ビルギットが両腕を広げてくれるので、リディアはその胸の中に飛び込み、小柄な身体に抱きつく。

「朝早くからどうしたんだい？」

「ビルギットさんに渡したいものがあって。アーレンバリのお土産なんですけど、昨日から待ちきれなくて、ついこんな時間に来てしまいました」

「おやまあ、ふふ。この子ったら」

ビルギットは愛しくて仕方ないといった風情で、リディアの頬や額にキスをした。

「それじゃあ一緒に朝のお茶にしようか。聖獣様ももちろん一緒に食べていくだろう？」

「ああ。頂くとしよう」

招かれるまま、リディアたちは家の中に入った。部屋はこぢんまりとしているが、いつ来てもきれいに整頓《せいとん》されている。そして最大の美点は、テーブルクロスやクッションカバーなどがビルギット得意の手仕事によるものだということだった。お手製のもので調えられた部屋というのは、リディアには当初とても目新しく映った。今では心の底から落ち着ける、故郷《ふるさと》のような心地のする部屋だ。

夏の盛りには庭に設《しつら》えられたテラスでお茶をすることが多かったが、それをするには今はもう肌寒い。屋敷にずっといるとわからないが、冬の足音はもうすぐそこまで聞こえてきていた。

「朝晩にはもう暖炉に火を入れているんだよ。夜明けの頃は水も冷たくてねぇ」

台所でお茶の支度をしながらビルギットが言う。彼女を手伝いながらリディアは、居間のテーブルについたエルヴィンドと目を見合わせ、微笑み合った。持ってきた土産をビルギットが気に入ってくれるといいのだけれど。

ビルギットは温かい紅茶と、リディアが大好きなお手製のクッキーでもてなしてくれた。ほろほろと口の中でほどける白っぽい生地に、中央には赤いベリーで作ったゼリーが載ったものだ。甘いクッキーと爽《さわ》やかな酸味のベリーがとても紅茶に合う。

「そうかい、二人でアーレンバリに小旅行に」

「はい。本当に夢のような街でした。何でもあって、それが何もかもきれいに整備されていて。それでオルヘスタルズでたくさんお買い物をしたんです」

言ってリディアは、持参した三つの箱をビルギットに差し出した。ビルギットは、まあ、と目を見開く。

「こんなにたくさん。気にせず二人で楽しんだらよかったのに」

「お土産を選ぶ時間もとっても楽しかったです」

「聖獣様、この子に贈り物をたっぷり買ってやっただろうね？　どうせ自分のものはいらないから皆の分を、とでも言ったんだろう」

さすがは祖母のような存在と言うべきか、ビルギットは見てきたようにお見通しだった。思わず肩を竦《すく》めるリディアに、エルヴィンドが紅茶を一口飲みながら頷《うなず》く。

「無論だ。思いつく限りの品を花嫁には贈った」

「ならよろしい」

ビルギットは鷹揚《おうよう》に頷くと、まず中くらいの箱を手に取った。書物ほどの大きさの平べったい箱だ。彼女はまず美しい包装紙に感嘆の声を上げ、そして包みを開けてもう一度声を漏らした。

「有名店のチョコレートじゃないか。こんな高価なものを……」

箱の中には様々な形の一口大のチョコレートが並び、そのうちの一つに老舗《しにせ》の有名店の刻印がされている。

「前にビルギットさんが、一度だけ食べたチョコレートの味が忘れられないって言っていたでしょう」

「ええ、若い頃にね。覚えててくれたんだね」

言ってビルギットはチョコレートをまずリディアとエルヴィンドに勧めようとするので、リディアは慌てて箱を押し返した。

「これはビルギットさん一人で食べてください」

「だけど、たくさん入ってるのに」

「チョコレートは夜中に一人でこっそり食べるのが一番おいしいってアイノが……、友達が言っていたので」

リディアはやってみたことがないのでわからないが、アイノが言うならばそうなのだろう、と真摯《しんし》に言い募る。ちなみに普通の動物にはチョコレートは毒だが、妖精たちにとっては違うようだ。

真剣なリディアに、ビルギットは吹き出した。

「そうかい。そんなに言うなら、そうしようかね」

ビルギットはチョコレートの蓋《ふた》を閉め、次の箱を手に取る。今度は二回りほど大きな、これもまた平べったい箱だ。中には膝掛《ひざか》け用のブランケットがきれいに畳まれて入っていた。そして一番小さい箱には、オルヘスタルズの化粧品部門で開発したという保湿クリームの小瓶。あのバラの精油がほのかに香る、指先や唇などに使えるものだ。

ビルギットはブランケットをさっそく膝にかけ、小瓶を大事そうに胸に抱えた。

「ありがとうね。大事に使わせてもらうからね。ああ、あったかいねぇ」

喜んでくれるビルギットの姿に、リディアの胸も温かくなる。礼を言いたいのは自分のほうだ。大事な人に贈り物をするというのが、こんなにも贈るほうを幸せな気持ちにさせてくれるだなんて、オーケリエルムの屋敷にいた頃には知る由もなかった。それを叶《かな》えてくれたビルギットに、そして誰よりもエルヴィンドに、何度でも感謝を伝えたくなる。

そうして穏やかな家族の団欒《だんらん》を楽しく過ごしていたときだ。

玄関の呼び鈴が鳴った。

立ち上がろうとするビルギットに代わってリディアが玄関に向かい、扉を開く。すると予想外にも、そこにはノアが立っていた。それも息せき切って、いかにも大急ぎでここまで走ってきたと言わんばかりの様子である。

「ノアさん？　どうしたんですか？」

ノアは部屋の中にエルヴィンドの姿を見つけるや、家主のビルギットに会釈しながら入ってきた。

「失礼します。ご歓談中に申し訳ありません」

「い、いいえ……」

やはり少し緊張した様子でビルギットが答える。彼女曰《いわ》く、「聖獣様は自分が生まれたときからそこにいたからあんまり緊張しないけど、初代国王陛下となると話が変わってくる」のだそうだ。

ともあれノアはエルヴィンドに向き直った。

「エルヴィンド様、火急の報《しら》せが」

「どうしたのだ」

ノアは深刻そうな眼差《まなざ》しで眉《まゆ》を顰《ひそ》めた。

「アーレンバリ北部の複数の孤児院で、正体不明の病が流行しているとの報告がいくつも上がってきています。このままではアーレンバリ中に蔓延《まんえん》する可能性も高いと」

「――何？」

その緊急の報せに、エルヴィンドの声に緊張が走る。リディアも思わずビルギットと顔を見合わせる。

　聖獣ファフニール・エルヴィンドを祀《まつ》るために建立された神殿は、他の多くの宗教施設がそうであるのと同様に、数多くの孤児院や救貧院を運営している。そしてそれはヒェリ・バーリ内は無論のこと、アーレンバリ各地にも点在する。それらの敷地内はすべてアーレンバリではなくヒェリ・バーリの、というよりも神殿の領地であると見なされており、その門戸はアーレンバリ国民のために広く開かれている。他の宗教施設のように教会に併設されていたりということはなく、言われなければそれがヒェリ・バーリの神殿の管理下にある施設だとはわかりにくいため、現在のアーレンバリ国民の中にはそのことを知らない者も多いらしい。これはその運営の一部に旧王家の者が代々携わっているのも要因のひとつだろう。つまり王立の孤児院であり救貧院だと勘違いしている国民が多いのだ。

　とはいえ旧王家の人間が運営に携わっているのも、すべての国民が飢えたり苦しんだりしないようにという初代国王――つまりノア――の理念を現在に至るまで引き継いでいるからに他ならないので、広義には王立の施設であると言えるのかもしれないが。

　ともあれそういう理由から、ヒェリ・バーリ内のみならず、アーレンバリ国内の孤児院の頂点に立つのはエルヴィンドだ。その一部で流行《はや》り病の兆しともなれば、その対策会議か何かをこれから至急神殿で行なうのだろう。エルヴィンドは今にもビルギットの家を辞して、ノアとともに神殿へ向かおうとしている。

リディアは一瞬、自分もエルヴィンドについて行っていいのか迷った。彼は明らかにリディアをビルギットに預けて行こうとしている様子だったからだ。確かに神殿が運営している施設で起こっていることに関してはリディアは部外者である。事情を知らない者が不用意に首を突っ込んでは、関わる人間すべてに迷惑を掛けてしまう可能性もあった。

けれどノアは確かに病と言ったのだ。

病に対抗できるのは薬。そして薬となれば、リディアが最も得意とする分野である。ひょっとしたら、役に立てることがあるかもしれない。

逡巡《しゅんじゅん》を悟ってか、ビルギットがリディアの手を握った。その皺《しわ》だらけの手の温かさに勇気づけられ、リディアは彼女の手を握り返す。そして立ち上がった。

「エルヴィンド様。わたしも連れていっていただけないでしょうか」

エルヴィンドはほんの一瞬、驚いたように目を見開いた。リディアは勇気を振り絞るように胸もとで拳《こぶし》を握り、彼を見つめ返す。

リディアの意図を悟ったのだろう。エルヴィンドは口もとに手をあてて黙考し、そして頷いた。

「……そうだな。お前に力を貸してもらうことになるかもしれない。ともに来てくれるか」

リディアは強く頷いた。

＊＊＊

ノアが神官から受けた報告によると、まず初めにアーレンバリ国内の孤児院のうち、最北部にある孤児院の従事者から病の報告があったらしい。

症状は発熱や頭痛、腹痛や嘔吐《おうと》下痢など、ほとんど風邪に近いもので、幼い子どもや身体の弱い子どもばかりが罹《かか》ったから、当初は孤児院の職員たちも「子どもにありがちないつもの風邪だ」とさほど深刻視していなかったのだそうだ。それがおよそ二ヶ月前のこと。

しかし風邪薬を飲ませて休ませても病状は一向に回復しなかった。そればかりか、他の孤児院でも同じ症状で倒れる子どもたちが続出した。罹るのが子どもたちの中でも幼い子と身体の弱い子ばかりで、大きな子や体力のある子、大人たちは全員無事であることと、病院の薬が飲み薬であっても注射であってもまったく効かないことなどの状況が、複数の孤児院で完全に一致した。アーレンバリ北部の孤児院と一括《ひとくく》りに言っても、それぞれの距離はかなり離れているにも拘《かか》わらずだ。

その病が最北部の孤児院から始まり、北部全域の孤児院に蔓延するまでの期間はおよそ一ヶ月半。そこからさらに半月、つまり今日に至るまでの間に、アーレンバリ中部の孤児院にもまったく同じ病の流行の兆しが出ているらしい。このままではそう遠くないうちに南下し、アーレンバリとヒェリ・バーリの中に存在するすべての孤児院を呑《の》み込んでしまうであろうことは想像に難くなかった。

そしてノアが『正体不明の病』と称した最大の理由はこれだ——その病は、アーレンバリの孤児院でのみ蔓延しているのだ。幼い子どもや身体の弱い子どもなど、孤児院の外にだっていくらでもいるのにも拘わらずである。

神殿の一室、机の上に広げられたアーレンバリの地図——孤児院や救貧院の場所が記されている——を示しながらのノアの説明を受けたエルヴィンドは、難しい顔で呻《うめ》いた。

「最初の発症はおよそ二ヶ月前。そして症状が出ているのは孤児院ばかり——か」

「はい」

ノアは頷《うなず》き、少し言い辛《づら》いことを切り出すような表情でエルヴィンドを窺《うかが》い見た。

「……エルヴィンド様。僕の中にあるひとつの仮説を言ってもいいですか」

「構わない。私も同じことを考えていたところだ」

苦々しげに唸《うな》るエルヴィンドに、傍で聞いていたリディアは首を傾げる。

「仮説、ですか？」

「ああ。……恐らく、病の原因はユルドだ」

リディアの喉《のど》が小さく、ひゅっ、と鳴った。まだ名前を聞くと身体が反射的に強《こわ》ばってしまう程には、ユルドとの邂逅《かいこう》はリディアにとって強烈な記憶だった。その名を聞くたびに思い出してしまうのだ。脳裏に焼き付いた、血まみれでユルドの足もとに倒れているエルヴィンドの姿を。

そして不意に合点がいく。あの戦いは二ヶ月ほど前のことだ。

(最北の孤児院で最初の発症がみられた時期と同じだわ)

ごくりと唾《つば》を呑むリディアに、エルヴィンドが続ける。

「ビルギットの息子のことを覚えているだろう」

「!……はい」

また身体が強ばってしまう。彼のことも、リディアにとっては強烈な死の恐怖の記憶とともに焼き付いてしまっている。

エルヴィンドはそんなリディアの強ばりを緩めようとするかのように肩を軽く抱く。

「あの者はユルドの影響を大いに受けていた。ユルドという質の悪い酒を飲み過ぎた、謂《い》わば中毒のような状態だったのだ。ユルドの幽体を撃退したことでヒェリ・バーリ中にはびこるユルドの欠片《かけら》は今は弱体化しているはずだが、幽体が消失する際、奴は一瞬、強いエネルギーを発した。恐らくはあの一瞬、奴の欠片が活性化したせいで、身体の弱い子どもや幼い子どもが中毒症状を起こしてしまったのだろう。そうでない子どもや大人に症状が出ていないのは、一瞬活性化したとはいえ奴の力がそもそも微弱なものだったからだと思う」

とはいえ、とエルヴィンドは眉を顰めた。

「弱い者に限るとはいえ、あのときの奴の欠片に、他者に影響を及ぼすまでの力が残っていたとは……」

リディアはアーレンバリの地図に視線を落とす。ヒェリ・バーリはアーレンバリの南側に位置しているから、孤児院はまだ無事なようである。

「なぜ、病は北から下ってきているのでしょう？　ユルドが原因の病なら、ヒェリ・バーリの中にある孤児院が真っ先に被害に遭ってもおかしくないんじゃ……？」

ユルドとの熾烈《しれつ》な戦いがあったのはヒェリ・バーリ、エルヴィンド邸の中だ。それなのになぜそこではなく、北部から病が発生しているのだろう。

ノアが首を横に振る。

「調査はしていますが、現時点ではなぜ北部からなのかという理由はわかっていません。ですが孤児院の敷地はすべてヒェリ・バーリの領地なので、孤児院にばかりユルドの影響が出てしまった理由についてはそれで説明がつきます」

言ってノアはちらりとエルヴィンドを見上げた。

「ヒェリ・バーリは、すなわちエルヴィンド様そのものなので」

リディアは思わず口もとに手をあてた。つまりユルドは、本人が意図してのことなのかどうかまではわからないが、幽体が撃退された際の断末魔の叫びとして、エルヴィンドに反撃をしたということなのか。

「そんな……酷《ひど》いわ。子どもたちには何の罪もないのに」

あまりの憤りで声が震えてしまった。稚《いとけな》い子たちが苦しんでいる姿を思い浮かべるだけで涙が滲《にじ》んでくる。

エルヴィンドは抱き寄せたリディアの肩をさするように撫《な》でた。

「私は長く人間とともに生きるうちに、感覚がかなり人間に近づいている。だがユルドは私よりも聖獣らしい性質を持ったままなのだ」

聖獣と人間は違う理《ことわり》の中で生きている、と以前エルヴィンドに聞かされたことがある。倫理観という面でも、それは当たり前にそうなのだろう。彼らは人間とは違う生き物であり、大自然にも近しい存在なのだから。

大自然とは人間にとって、時に豊かな恵みであり、時に命をも脅かす災害だ。

リディアは思わず俯《うつむ》いた。エルヴィンドの労《いたわ》るような手つきに甘え、体重を彼の胸板に少し預ける。

「……エルヴィンド様。何か、わたしにできることはないでしょうか。子どもたちを看病する人手のひとつになれないでしょうか」

病が発症している北部の孤児院というのがどのぐらい距離が離れているのか想像もつかないが、今すぐにでも一軒一軒回って雑用でも何でも手伝いたい。

するとエルヴィンドが予想外のことを答えた。

「病の原因がユルドなら、お前にはひとつ、それに対抗する大きな力があるだろう」

「……え？」

思わず身体を起こし、エルヴィンドの顔を見る。

「わたしに、ですか？」

「ああ。あの日ユルドとの戦いで、私を手助けしてくれた力だ」

リディアの頭の中に、シャクヤクに似たあの白銀の花が思い浮かんだ。

そして同時に、それをユルドの炎にくべたとき、たった一枚の花弁だったのに、まるで大量の油を注いで大きく燃え上がったみたいに強い光を放った記憶も。その光に一瞬にして吹き飛ばされた影のようにユルドが苦しみ出し、エルヴィンドの勝利へと繋《つな》がったのだ。

後々思い返せばあれはきっと――光を司《つかさど》る聖獣の花嫁としての、影を浄化する力のようなものだったのだろう。

確かにあの花の力をもってすれば、ユルドの炎を再び散らすことは可能だろう。だが。

「……今回はどうやって火にくべたらいいんでしょう？」

前回は幽体のユルドが目の前にいたからくべるべき火もまた目の前にあったが、今回のユルドの欠片の在処《ありか》は、子どもたちの体内だ。

するとエルヴィンドがまた予想外のことを言った。

「お前は薬作りの名手だろう。あの花も薬に加工すればいい」

それを聞いた途端リディアは、薬を飲んだ子どもに次の瞬間起こるであろうことを過去の経験を踏まえて予想してしまい、すっかり青ざめた。

リディアが何を想像しているのかが何となくわかったのだろう、エルヴィンドとノアが顔を見合わせる。

「リディア様。聖獣の眷属《けんぞく》が特定の聖獣に効く材料を用いて薬を作って、それを人間が飲んだからといって、人間の身体が消し飛んだりすることはありません」

ノアがそう取りなしてくれる。が、そこまで具体的に恐ろしい想像をしていたわけではなかったので、リディアはさらに青ざめてしまった。

「いくらお薬に加工するといっても……あのお花、食べてしまって大丈夫なものなんでしょうか？　聖獣の花嫁にしか育てられない特別なお花なわけですし、人間の体内に入れてしまったらやはり何か副作用とか、あるいはその、罰のようなものが下ったりとかは……」

「あの花は聖獣の花嫁のためにある花だ。正統な持ち主であるお前が、火を鎮めるという正統な使い方をするのに、罰を与えられるものなどこの世に存在しない」

エルヴィンドはきっぱりと言い放った。しかしリディアは首を振る。

「だけどわたし、自分の目で子どもたちの症状を見たわけでもないのに、お薬として一度も使ったことのない材料を使って作ったお薬を、病気の子どもたちに飲ませるのは……」

リディアは医者ではない。だから実際に子どもたちを目の前にしたところで正しい診断など勿論《もちろん》できない。だがこうして机上で話に聞いているだけの相手に、ましてリディア自身が安全性を保証できないものを飲ませるというのは、どうしても快諾はしがたい手段だった。

だがリディア自身が毒味役をやろうにも、リディアは今や聖獣の眷属であり、恐らくは普通の人間の、まして子どもの身体に比べたら遥《はる》かに耐性があるように思われる。エルヴィンドやノアも頼めば毒味役を引き受けてくれるだろうが、それをすることに意味があるとは思えなかった。

そしてさらに、ノアの一連の説明を聞くに、ことは一刻を争う。医者でもなく患者を診《み》たところで診断もできないリディアが、悠長に孤児院を訪問している時間はない。

「リディア」

知らず握りこんで爪が食い込んでいた両手に、エルヴィンドの手が優しく触れた。彼の指先がリディアの両手を解《ほど》き、爪の痕を労るように優しく撫でる。

「あの花をお前に与えた聖獣として、私が誓う。あれは人間に害をなすものでは決してないと」

「……エルヴィンド様……」

「お前の治癒の力で、子どもたちを救うための薬を作ってくれ。……今は他に、奴の力に対抗する手立てがないのだ」

その言葉に、リディアは知らず俯いていた顔を上げる。

エルヴィンドの金色の双眸《そうぼう》がリディアをまっすぐに見つめている。

その瞳《ひとみ》が持つ、本当に他に何も道がないのだという切実さに——他ならぬ己の半身が引き起こした病だからこそわかるのであろう、エルヴィンドのその眼差《まなざ》しの訴えに、リディアは重く頷《うなず》き、覚悟を決めた。


屋敷に戻ってきたリディアは、まっすぐに自室の庭へと向かった。

エルヴィンドとノアは神殿に残り、既に病が蔓延《まんえん》してしまっている孤児院への増員や、これから病が発生するであろう孤児院に向けての支援物資の手配をしている。幸い身体の大きな大人への影響はないようなので、子どもたちを看病できる人手を増やせるというのは単純に心強い。症状の重い子どももいるようだし、病院の薬が効かないのではいつまで付きっきりで看病しなければならないのかもわからないのだ。ひとつの孤児院で働く大人の数はそう多くはないから、交代で休めるだけでもありがたいとの声が現場からも上がっているようだった。

実はエルヴィンドは平時であっても、リディアが薬作りをしているときにはここには顔を出さない。リディアの集中を途切れさせたくないのだと言っていた。傍にいられて邪魔だなどとは無論のこと思いはしないが、そう言われて初めてリディアは、自分にとって薬作りが、ひとつのことに没頭できる時間なのだと気付いた。

とはいえ今ではその薬作りも、リディア一人だけの時間というわけではない。

庭のテーブルに器や園芸鋏《ばさみ》などの道具を並べていると、足もとにちょろちょろとねずみ妖精《ようせい》たちが集まってきた。花壇の薬草を摘み取っていくリディアを見上げながら、件《くだん》の孤児院の流行病《はやり》について「可哀想だよなぁ、赤ちゃんも寝込んでるらしいぜ」「あたし、ユルドに一言ガツンと言ってやりたいわ！」「テアのちっちゃい身体じゃ、その前に吹き飛ばされちゃうよぉ」などと話し合っている。さすがの耳の早さである。

いつもはリディアの話し相手になってくれる妖精たちだが、今日はさすがに邪魔してはいけないと思ったのか、妖精同士でおしゃべりするだけでリディアにはあまり話しかけてこない。お陰でリディアは集中して薬を作ることができた。

ベースになるのはいつも作っている風邪薬だ。頭痛や腹痛には痛み止め効果のあるアイノの根。ベッテの葉は普段なら主に火傷《やけど》の際に使うが、消炎効果があるので軽い喉《のど》の腫《は》れにも効く。咳止《せきど》めとして使えるマイレの皮も、あって困ることはないだろう。それらを挽《ひ》いて粉にし、絶妙なバランスで調合したものである。

原因がただの病原体であれば、これらの薬でも十分に効き目がある。治癒の力が備わったリディアが手ずから材料を育て、薬に加工したものだからだ。今回は状況が違うから、これらの薬がどこまで効果を発揮するかはわからないが、ユルド起因の病が身体の抵抗力を削ってしまって別の病を引き起こす可能性もなくはないので、交ぜておく価値はあると思う。

リディアはもう一度花壇の傍に屈《かが》み込んだ。そしてアイノの隣に生えている植物に手を伸ばす。二ヶ月前に妖精たちが力を合わせて一輪だけ咲かせてくれた花——シャクヤクに似た、あの白銀の花だ。

ユルドとの戦いで花弁を一枚使った後、あの一輪はすぐに枯れてしまった。そして入れ替わるように、花壇にまた一輪の花が咲いたのだ。そしてその一輪がこの二ヶ月咲き続けている。もしかすると一輪ずつしか咲かないのかも、とは同じ花壇で暮らすアイノの言である。聖獣の花嫁だけが育てられる特別な花ということもあり、同時に一輪しか存在できないのかもしれない、と。

リディアは白銀の花から、花びらだけを二枚、慎重に取った。茎を切らずに花びらだけを数枚取るのであれば枯れはしないと、これまでに色々と試してみた中でわかっている。目視で数えた限りでは、花びらは恐らく二十枚程度だ。花びらを全て取ってしまうと、これまた枯れてしまう可能性が高いだろうというのが、植物に宿る妖精たちの総意だった。

薬作りの道具を並べたテーブルに着き、リディアはまず二枚の花びらのうち、一枚をナイフで半分に切った。そしてそのうちの一枚を更に半分に切る。銀色の花弁がまるまる一枚と、その半分が一枚。そして四分の一が二枚ある格好だ。

次に、先に作っておいたベースとなる風邪薬を、器に四等分する。そしてそれぞれに銀色の花弁を交ぜていく。一皿目にはまるまる一枚を。二皿目には一枚の半分を、そして三皿目と四皿目には四分の一枚ずつを。これで合計四人分、三パターンの薬ができたことになる。

この白銀の花の花弁が、ユルドがもたらす影響に対抗しうる手段であることは確かだ。

だが二ヶ月前のユルドとの戦いで使った際には、火にくべる花弁は一枚だと掟《おきて》に指定されていた。それがユルドをひとときを散らすために必要な量だったということだ。

では、此度《このたび》の病に対してはどうだろうか？

（試してみないといけないわ。一人一枚必要なのか、それとも少量ずつでも大丈夫なのか）

一輪につき花弁はおよそ二十枚。花びらを全て取れば枯れるという特性を逆手に取って、次の花を育てることは可能だろう。しかしいくら次の花が入れ替わるように咲くと言っても、一度枯れて花をつけるまでにはある程度の時間はかかる。花壇の妖精たちに力を借りたとしても三日は必要なのだ。アーレンバリ北部の孤児院から上がってきている患者の人数だけでも、既に二十枚では到底間に合わない。少量ずつでも一人でも多くの子どもたちに薬が行き渡るのであればそれが最善である。

――ユルドとの戦いで花びらを火にくべた瞬間の、あの強い浄化の光が再び脳裏を過《よ》ぎる。

（……大丈夫。エルヴィンド様がもたらす光が、子どもたちに悪い影響なんて与えるはずがないわ）

リディアは出来上がった薬を急いで小瓶に詰め、鞄《かばん》に入れた。そして再び神殿に向かうために玄関ホールまで来た矢先、大急ぎで駆け込んできたノアと鉢合わせた。それが数時間前にビルギットの屋敷に駆け込んできた彼自身の姿と重なり、リディアは嫌な予感を覚える。

「ノアさん、何かあったんですか？」

問うと、ノアは思った通り眉間《みけん》に皺《しわ》を寄せて頷いた。

「ヒェリ・バーリ内の孤児院の帳簿が神殿内ではなくエルヴィンド様の書斎にあるので、それを取りにきました。急ぎの支援に必要なもので」

リディアは思わず息を呑《の》む。

「ということは……もしかして、ヒェリ・バーリ内の孤児院でも……？」

「はい。つい先ほど、数人の子どもたちが発症したという報告が」

目礼し、急いで書斎へと向かおうとするノアの背中に、リディアは慌てて告げる。

「ちょうどあの花を使った薬の試作品ができたので、神殿へ持っていこうと思っていたんです。エルヴィンド様に確認してもらおうと思って」

ノアは立ち止まり、黙考する。

その薬を今、誰にどのように使うのが、この先の事態の打開をも見据えた上で最善なのかを考えているのだろう。そしてそれは恐らく、リディア自身が心の隅で考えていることと同じだ。

だがリディアにはまだ、それを自分から切り出す勇気が持てずにいた。ノアはそれを見通したように顔を上げる。

「ヒェリ・バーリの孤児院なら、ここからあまり遠くはありません。今からでもすぐに向かって、そこの子どもたちに試作品を飲んでみてもらうことができると思います」

確かにそれである程度の結果を確認できれば、アーレンバリ北部の孤児院で苦しんでいる子どもたちを救うための道が開ける。

だが同時にそれは、ヒェリ・バーリの孤児院の子どもたちを実験台にする行為でもある。

「臨床試験を依頼しましょう、リディア様」

ノアのその言葉に、リディアは薬の入った鞄を握り締める。

現時点でこの事態を打破できる可能性の一番高いものを持つ者として、そしてそれを薬に加工した当人として、自分が責任を持って本人たちに依頼すべきだ。

アーレンバリ北部の孤児院となると行って帰るだけでも膨大な時間がかかるが、不幸中の幸いと言うべきか、ヒェリ・バーリの中ならば効き目のある調合を確認後すぐに屋敷に取って返し、最低二十人分の薬を作ることができる。

リディアは鞄の中から薬の小瓶のひとつを取り出してみせた。緑がかった土の色をした粉の中に、ガラス片のようにきらきらと光るものが交じっている。

病がヒェリ・バーリにまで達してしまったのなら、恐らく今夜のうちにでも、アーレンバリ中南部に点在する孤児院からも発症の報が届くことだろう。事は一刻を争う。

――信じなければならない。この花を、そしてエルヴィンドを。

誰よりもリディアを、リディア自身が。

「……わかりました。わたしをその孤児院へ連れていってください」

ノアは深刻な顔で頷《うなず》いた。

「馬車をすぐに回してきますので、ここで待っていてください」

＊＊＊

馬車に乗り込んだリディアたちは、一旦《いったん》神殿に寄って件《くだん》の帳簿を担当の神官に渡した後、エルヴィンドと三人で一路孤児院へと向かった。

アーレンバリ小旅行のときなど、ノアが別行動を取る場合には、神殿に従事する御者が同行する。だが行き先が同じ場合には、老齢の姿を取ったノアが御者を務めることが多い。ノア本人がそのほうが融通の利いた動きができるからということらしいが、ビルギットがそれを知ったら驚くだろうなとリディアは常々思っている。

ヒェリ・バーリには孤児院が南北に一軒ずつある。さほど広くはない都市国家に二軒というのは勿論《もちろん》多い。とはいえこれは孤児の数が多いという意味ではない。南側にあるほうの孤児院は、かつて食糧難があった時代には孤児院として機能していたらしいが、今ではその地区の子どもたちが学校帰りに集まってきて、共働きの両親が帰宅するのを待つための、謂《い》わば一時預かり施設のようになっている。一方、北側にあるほうは文字通りの孤児院だ。そして今回発症の報《しら》せが入ったのは北側の孤児院のほうである。

しばし馬車を駆り、孤児院に到着する。飾り気はないが小綺麗《こぎれい》な建物から、従事する数人の大人たちが出てきて、馬車に走り寄ってきた。

建物が比較的新しいのは、神殿に集まる多額の寄付金に加え、エルヴィンドが手がけている事業で得た金銭の一部を孤児院や救貧院の運営に回しているためだ。お陰で管理も清掃も十分に行き届いているし、必要に応じて建て替えも行なわれるというわけである。

出迎えてくれた大人たちのうち、年配の女性が進み出てきた。彼女は馬車からエルヴィンドとリディアが揃って降りてきたのを見て、少し驚いたようだった。ノアは神殿の用事で日頃から孤児院を回ることも珍しくないそうだから、今回もノアが一人で来ると思っていたのかもしれない。

「お忙しい中、ようこそお越しくださいました、聖獣様。奥様には初めてお目にかかりますね。院長のセルベルと申します。急な訪問で申し訳ありません」

「リディアと申します」

とんでもない、とセルベルと名乗った女性は恐縮する。神殿から電報で先触れを送ってはいたが、そうは言っても職員たちは慌てただろう。

エルヴィンドが一歩前に出てセルベルと向かい合う。

「今日は例の流行病《はやり》のことで来たのだ。この孤児院でもとうとう発症したと」

「ええ。事前に神殿から、こういう症状が出たらすぐに報せるようにと周知されておりました、まさにその症状が出て。風邪のようにも見えましたが、あの病は一体何なのでしょう？　小児科の先生も原因不明としか仰《おつしや》らないし、アーレンバリの孤児院でももう既にかなり流行しているとか……」

「あれは聖獣の影響が原因と思われる病だ」

セルベルは息を呑んだ。どんなに高名な医師であろうと、人間には到底手出しできない類いのものだとすぐに気付いたのだろう。

エルヴィンドは傍らに立つリディアの腰を、セルベルに示すように抱き寄せた。

「リディアは薬作りの才に長《た》けている。その上、病に対抗できる可能性の高い特別な材料を持っているのだ」

リディアは頷き、持参した鞄を示す。

「聖獣様とその眷属《けんぞく》の力の宿るお花です。そのお花で作った薬の試作品をお持ちしました。病の源を浄化することで、子どもたちの症状がおさまるかもしれません」

「まあ……！」

セルベルだけでなく、職員たちの間にも安堵《あんど》が広がる。が、リディアはすぐに言い添えた。

「まだこの薬がどの程度効くのかはわからないのです。その特別な材料というのが、あまりたくさんあるわけではないので、調合の割合をまだ探っている段階で……」

「だから症状の出ている子どもたちで試させてもらわねばならない。その許可が欲しい」

エルヴィンドはセルベルにはっきりとそう告げた。要は実験台になってほしいという話なのだが、セルベルはすぐに首を縦に振った。

「それが最善の方法だと聖獣様が仰るのならば、私どもはもちろんそれを信じますとも。私ども人間の身ではどうにもならない事態なのでしょうから」

しかしセルベルのその言葉に横から割って入る者があった。今ほど孤児院から出てきた、黒っぽいコート姿の中年の男性だ。

「私は承服しかねますぞ、セルベル先生」

セルベルはそちらを振り返り、男性をリディアたちに示す。

「こちらはいつも子どもたちを診てくださっている小児科の先生です」

「どうも。聖獣様と奥方様ですな」

紹介された医師がリディアたちに一礼する。しかしリディアが挨拶《あいさつ》を返そうとするより先に、彼はセルベルに向かって首を横に振った。

「医者として、いや大人としてだ、安全性が保証できないものを子どもたちに飲ませるなどもってのほかです」

「何を仰るんですか。この世に聖獣様の浄化のお力が宿るお薬をおいて、他にどんな安全なお薬もあるもんですか」

セルベルのその強気な言葉に、神殿の孤児院付きの医者として自身も敬虔《けいけん》な信者であるらしい医師は、ぐっと言葉を呑み込んだ。聖獣を信奉する気持ちと、医者である己の矜恃《きょうじ》との間で揺らいでいるようだ。

「……では、こうしましょう、セルベル先生。子どもたちに飲ませる前に、私にその薬を飲ませていただきたい。効果の程はわからんだろうが、少なくとも人体に有害かどうかぐらいの判断はつくはずです」

「先生！　聖獣様のお力のこめられたお花で奥様が作られたお薬が有害だなんて、よもやそんなこと――」

興奮で今にも卒倒しそうなセルベルに、医師は慌てて言い募る。

「そうではない。医者としてそのお薬を心置きなく使わせていただくためにです。――奥方様、稀少《きしょう》な材料というお話だが、私が試しに飲ませていただく分はございますかな？」

言われてリディアは慌てて鞄《かばん》の中から薬の瓶を取り出してみせた。

「今日持参したお薬は三種類ですが、一種類だけ二人分あります」

「ではそちらを」

「はい」

リディアが医師に瓶を差し出すと、医師は引ったくるようにしてそれを取り、何の躊躇《ためら》いもなく、水で流し込むこともなく口に入れた。そして真剣な顔でそれを舌の上で味わう。

「なるほど。ごく一般的な数種類の薬草に、確かに初めての植物が調合されておりますな」

　そう言うと医師は、また何の躊躇いもなくそれを飲み込んだ。一方、リディアは半ば唖然《あぜん》として医師の一連の挙動を見守ってしまった。

「あの……先生、お身体に何か異変は……？」

　リディアが思わず問うと、医師が答えるよりも先にセルベルが医師に噛《か》みつく。

「異変などあるものですか！」

「セルベル先生、落ち着いて。奥方様、念のため少しお時間を頂きたいのですがよろしいですかな？　三十分ほど様子を見て、何も異変がないようであれば子どもたちに投与しても問題ございませんでしょう」

「わかりました。ありがとうございます」

　そうしてリディアたちは、他の職員たちに宥《なだ》められながら先導するセルベルに案内され、孤児院の入り口にあるこぢんまりとした応接室で待った。きっかり三十分で医師が再び現われ、身体には何も異変がないとリディアたちに告げた。ほっとして目を見合わせるリディアとエルヴィンドに、やおら医師が頭を下げる。

「先ほどは大変失礼なことを申し上げました。どうかお許しを」

　その言いようにリディアは慌ててしまった。医者として当然のことなのだし、許すも許さないもない。

　するとエルヴィンドが立ち上がり、医師と向き合った。

「信頼できる医者だ。これからも子どもたちをよろしく頼む」

「身に余るお言葉です、聖獣様」

医師はもう一度頭を下げた。そして今度はセルベルを促す。

やり取りを見守っていたセルベルははっと我に返って立ち上がった。

「――どうぞこちらへ。子どもたちのもとへご案内いたします」


リディアたちはセルベルに先導され、発症した子どもたちのいる寝室へと向かった。

途中、症状の出ていない元気な子どもたちがこちらを遠巻きにして物珍しげに見つめてきていたが、さすがに幼くとも今が緊急事態だということをわかっているのだろうか――あるいはセルベルが厳しく目を光らせていたからだろうか――、近づいてくる子どもは一人もいなかった。

寝室には二段ベッドが何列にも並んでおり、その中の何台かの下段に、八人ばかりの幼い子どもたちが寝込んでいた。発熱しているものの他に症状がなく比較的元気そうな子もいれば、腹痛にうんうんと唸《うな》っている子や、酷《ひど》い頭痛で苦しんでいたが先ほどようやく寝付くことができたという子もいる。

そのうちの比較的元気そうな五歳か六歳くらいの男の子が、ノアの姿を見て嬉《うれ》しそうな声を上げた。

「あ、ノアにいちゃん！」

ノアは片手を挙げてそれに応《こた》える。ここに来る道中は老齢の姿だったが、子どもたちの前に出るときは歳が近い見た目のほうがいいだろうという理由で、いつも少年の姿に戻っているそうだ。

「ニルス、身体はどう？」

「おれはぜんぜん平気だよ。熱があるってセルベル先生に言われたけど、スヴェンとロッタもなんともないって」

するとと両隣のベッドから抗議の声が上がった。

「なんともなくないよ。ぼくはのどがものすごく痛い」

「ロッタだって頭がガンガンするんだけど？」

見るとニルスと同じ年頃の男の子と女の子だ。セルベルがリディアに向き直った。

「発症が見られる子どもたちのうち、この三人の症状が一番軽いようです。三人とも六歳で、他の子より大きいからでしょうか」

確かに残りの五人の子どもたちは、見たところ幼児と呼べる年齢のようだ。この孤児院には乳児はいないそうだから、やはり話にあった通りに幼いほうから、あるいは身体の弱いほうから発症してしまっているらしい。それに確かに居間や廊下にいた子どもたちはニルスたちと同じ年頃か、それよりも大きかった。

リディアは三人のベッドが見渡せる位置に膝《ひざ》をついた。そして子どもたちに問いかける。あの医師のお陰もあって、今度は自信を持って切り出すことができた。

「今日はお薬を作ってきたの。あなたたちにはそのお薬が効くかどうか、飲んでみて試してほしいんだけど、お願いしてもいいかしら？」

ニルスたちは初対面のリディアに目をぱちくりさせている。するとセルベルがすぐに取りなした。

「こちらはリディア様といって、神殿から来られたお医者様なのよ」

子どもたちに理解しやすいようにだろう、そんなふうに紹介してくれるものだから、リディアは内心すっかり慌ててしまった。そんな大層なものではないと訂正したいのを辛《かろ》うじて呑み込む。医者、それも孤児院の総本山である神殿から来たとあれば、病に苦しむ子どもたちはきっと安心してくれるだろう。

ここは方便の通りに求められた役割を演じきろうと心に決め、リディアは努めて力強く見えるように頷《うなず》いてみせた。

「お薬が効くってことがわかれば、みんなと同じような病気で辛《つら》い思いをしている子たちを助けてあげられるかもしれないの。ニルス、スヴェン、ロッタ、わたしを手伝ってくれる？」

その言葉に、ニルスとロッタはぱっと顔を輝かせた。

「いいよ。おれ、やる！」

「ロッタもリディア先生を手伝ってあげる！」

先生という呼称に、リディアの胸がくすぐったくも温かくなる。

少し怖いのか渋っているスヴェンに、リディアは首を傾げてみせる。

「スヴェンはどう？」

「……その薬、苦い？」

「そうね、味自体は普通の風邪薬と同じだから」

うう、とスヴェンは更に顔を顰《しか》める。するとエルヴィンドが彼のベッドの傍に屈《かが》み込んだ。

「お前は以前、将来神官になりたいと言っていたな」

「……うん。なりたい」

「神官とは、ヒェリ・バーリの国民を助ける仕事だ。たとえ自分が辛いときであっても、休まずに他人のために働くこともある」

「……そうなの？」

「そうだ。大変で、そして誇り高い仕事なのだ」

エルヴィンドはスヴェンの小さな手を取った。

「病で苦しむ他の子どもたちを助けるために、苦い薬を飲む――そんなお前たちのように尊い仕事だ」

「……！」

スヴェンが目を見開く。その瞳《ひとみ》にはほんの少しの怯《おび》えが残っているが、それよりも強い煌《きら》めきが宿っている。

態だ。

「ぼく、やるよ。薬飲む」

力強く、スヴェンはそう告げた。そのいじらしさにリディアは何だか涙が出そうになった。そして傍に仕える神官たちを評したエルヴィンドの優しい言葉にも。

幸いベッド脇のテーブルには既に飲み水が用意されていたので、リディアは三人の子どもたちに持参した薬を手渡した。小瓶から出し、飲みやすいように薬包紙に包んだ状態だ。

渡した薬はロッタのものが一番強く、その次にスヴェン、そしてニルスのものが一番弱い。本人たちにそれを事前に伝えると結果が左右されてしまうかもしれないので、一旦《いったん》は伏せたまま、薬を飲んでもらうことにする。

薬を口に含んで水を飲み干す子どもたちを、リディアは祈るような気持ちで息を呑《の》んで見守った。スヴェンは「うぇー、苦い……」と呟《つぶや》いていたもののきっちり全部飲めたし、ニルスとロッタも一瞬顔を顰めたものの、二人で競い合うように飲んだ。

しかし結果は、悪い意味でリディアの予想通りだった。ロッタの頭痛にはすぐに効き目が現われたものの、スヴェンとニルスの症状にはほとんど変化がなかったのだ。ニルスに関しては体温計に数値として表われたので結果の確認が容易だった。結論としては「花びらが半分や四分の一枚でもまったく効かないわけではないが、一枚丸ごとに比べると効き目は薄く、子どもからすれば治っていないに等しい」というものだった。

「ねぇ！　ロッタの頭、もう全然ガンガンしないよ！　ありがとう、リディア先生！」

「……ぼくはまだちょっとのどがイガイガする……」

「セルベル先生、おれの熱は？　やっぱりぜんぜんなんともないんだけど。……え、下がってないの？　うっそだぁ、少しも？」

すっかり頭痛も消えて元気になりベッドから抜け出したロッタと、未《いま》だベッドから出られない二人を、リディアは途方に暮れる気分で見やる。

「リディア様、結果はいかがでしたか？」

セルベルが気遣わしげに問うてくる。結果が芳しくないということに彼女も気付いているのだろう。

「……効き目のある薬草の配分がわかったことは大きな収穫でした。ご協力に感謝します。子どもたちにも、お許しくださった先生方にも」

それでもリディアは微笑んでみせる。だがセルベルは一層眉《まゆ》を寄せた。

「その配分に問題があった、ということでしょうか」

リディアは少し逡巡《しゅんじゅん》し、嘆息交じりに頷いた。

「……問題はその薬草の量に限界があることなのです。現状、一度に作れる薬はそう多くはありません。この孤児院の子どもたちの分なら間に合うのですが……」

「それでは、アーレンバリ中の孤児院には到底……？」

リディアが頷くと、セルベルは言葉を呑み込んでしまった。そして未だ寝込んだままの、七人の幼い子どもたちを見やる。

「……申し訳ありません。この子たちよりも先に他の、特にアーレンバリ北部で一番長く苦しんでいる子どもたちを優先してあげてくださいと言うべきなのに、私にはとても言えません」

それは仕方のないことだろうと思う。毎日傍で世話している子どもたちが一番かわいくて、一番慈しんでやりたいと思うことは、至極当然の話だ。

リディアはいても立ってもいられなくなった。今すぐ屋敷に戻り、材料の許す限り薬を作り、まずは一番近いこの孤児院の子どもたちを救いたい。だがそれはセルベルの心を真に癒しはしないだろう。彼女はきっと、神殿に仕える教育者の身分でありながら他の孤児院の子どもたちを見捨てた自分を責める。考えたくはないが——もし万が一、アーレンバリ北部の子どもたちの病状が悪化でもして、最悪の事態を迎えることにでもなったら。

ユルドの欠片《かけら》にそこまでの力はないはずだとエルヴィンドは言うが、それでも症状が長く続けば、子どもたちの小さな身体は日々体力を削られていくのだ。病状の悪化に身体がついてこられない可能性も、他の病を誘発してしまう可能性だってゼロではない。

気ばかりが焦るリディアの肩を、エルヴィンドが包み込むように抱いた。

「心配するな。必ず薬を量産する方法を見つけ出し、すべての子どもたちに行き渡らせる。決して一人も見捨てはしないと約束しよう」

「聖獣様……」

セルベルは安堵《あんど》の色を浮かべる。

リディアが不安げな眼差《まなざ》しでエルヴィンドを見上げると、彼はこちらを安心させるように微笑んでみせた。

「お前は今ある材料で、できるだけ多くの薬を作ってくれ。その間に私は薬を量産する手段を調べる」

「ですが、エルヴィンド様……本当に可能なのでしょうか」

不安のあまり思わず弱音を口にしたリディアに、エルヴィンドは頷いた。

「可能な手段にいくつか心当たりがある。――私を信じて待っていてほしい」

＊＊＊

孤児院を訪問した後、リディアは俄《にわか》に忙しくなった。

白銀の花を使った薬を、その花弁が許す限りの数作り、ノアや連絡役の神官たちに預ける。彼らはそれを持って、あるいはその薬がない場合でも支援物資などを携え、アーレンバリ各地の孤児院へ向かう。不幸中の幸いで大人の発症例は一人もないので、神官たちは気兼ねなく看病を手伝うために現地を訪ねることができた。そうしている間にリディアの花壇では、妖精《ようせい》たちが総力を挙げて次の花が咲くよう力を注いでくれる。そして花が咲いたら、リディアがまた薬を作る。その繰り返しだ。

だがどんなに妖精たちが花の育成をがんばってくれても、その生長速度にはやはり限界があった。花が咲くのを待っている間にも、リディアは自分が手を動かしていない時間が生じてしまうのがどうにも落ち着かず、毎日をそわそわと過ごした。今にもアーレンバリの孤児院へ向かいたくなる衝動に駆られるのを、妖精たちに「手は足りてるみたいだから」とどうにか宥《なだ》められる始末だ。

実際、神殿が運営する救貧院で暮らす大人たちの中にも、病で苦しむ子どもたちの助けになりたいと看病を買って出てくれる者が多くいる状況なのだそうだ。リディア一人が薬もなしに現場に向かったところでそう何かが好転するわけでもない、と自分に言い聞かせ、リディアは何とか薬作りに集中していた。

エルヴィンドは孤児院訪問後、まず神殿の地下深くにある水鏡の間に籠《こ》もった。この事態を打開する方法を星の巡りに問いかけるためだ。だがエルヴィンドはこの手段に関しては、試す前から結果は五分五分だと言っていた。病の原因はユルド——聖獣だから、星の巡りの関与する範囲の内であるとも言える。だが聖獣の使命には一切関係がない話でもあるから、理《ことわり》の外にある、つまり星の巡りが一切関与しない案件である可能性もある、と。

そして結果は後者だった。何度問いかけても、星の巡りからは何の返答もなかった。

それがわかるが早いか、エルヴィンドはすぐに別の手段に切り替えた。聖獣として取れる最善の方法ではなく、彼が持つもうひとつの顔——つまり党首として、あるいは経営者として取れる方法を当たり始めたのだ。要は今までに培ったありとあらゆる人脈を駆使し、伝手《つて》を辿《たど》って、此度《こたび》の件に力を貸してくれそうな人物がいないか探し始めたのである。

そうしている間にも病の報告が上がってくる孤児院は日ごとに増え、今やアーレンバリ南部も含めた全土に病は広がってしまっていた。リディアが薬を作る速度では到底追いつかない。そればかりか、今までは数人しか患者のいなかった孤児院からも、さらに新たな患者数が増える一方だという報告まで上がってくる始末だった。

焦りや不安が頂点に達し、心労でリディアのほうが倒れてしまいそうになっていたある日、ケビが慌てた様子でリディアを呼びにきた。エルヴィンドが書斎でリディアを呼んでいるというのだ。一瞬嫌な予感が脳裏を過《よ》ぎったが、ケビが慌ててはいるものの明るい表情だったので、リディアは気を取り直してエルヴィンドの書斎へと向かった。

エルヴィンドは書斎の机に、いつか神殿の一室で見たのと同じような地図を広げていた。病が発生している地点に印が付けられたアーレンバリ全土の地図だ。その周囲にはたくさんの書物や書類が山積みになっている。

リディアが書斎に入るが早いか、エルヴィンドは口を開いた。

「アーレンバリのある地点の孤児院にだけ、病が発生していないことが判明した。それも北部だ」

その言葉に、リディアは目を丸くする。アーレンバリ北部といえば、真っ先に病が確認された場所だ。

リディアが地図を覗《のぞ》き込むと、エルヴィンドは地図のある一点を指し示した。

「この地には元々、救貧院はあるが孤児院はない。だから今回の調査においては最初から対象から外れていた。しかし調査の中で、ここ数年の間にその救貧院に孤児院の機能が付加されていたことがわかった。神殿に報告が上がってきていなかったために我々も把握できていなかったのだが、神殿の管轄する敷地内に、幼い子どもや身体の弱い子どもがいる――つまり病が発生している他の孤児院と条件はまったく同じだったのだ。だがそこの子どもたちには病の発症は一人も見られないらしい」

リディアは息を呑んだ。

地図が指し示すのは、アーレンバリ国内では極北とされる地域だった。

アーレンバリの国土は縦に長い地形をしている。アーレンバリ市やヒェリ・バーリなどは国土全体で見るとかなり南側に位置する。国自体が世界地図の北側にあるため、人々は少しでも住みやすい温暖な地を求め、長い歴史の中で南下してきたのだ。

とはいえ北部の地域にもともと住んでいた先住民族を含め、現在も北部で暮らす人々も勿論《もちろん》存在する。アーレンバリ国土を真ん中で南北に分けた際、中央の線よりもやや上方にあるのが、そんな北部で暮らす人々を多く擁する都市ヘイエルダールだ。その更に北部にも先住民族の集落があるにはあるが、人が暮らすにはあまりに適さない過酷な環境だということもあり、基本的にはヘイエルダールがアーレンバリ極北の街だと位置付けられている。

そのヘイエルダールの北東の外れに、イプセンという小さな町がある。当該の救貧院はそのイプセンという町に存在するらしい。

地図上ではイプセン以外の北部の孤児院——無論ヘイエルダール市内も含む——にはすべて発症を示す印が付けられている。

「なぜこのイプセンの子どもたちだけ無事なんでしょう？　病は北から順に南下してきましたし、真っ先に罹患《りかん》していてもおかしくはなかったでしょうに」

するとエルヴィンドは山積みの書類の一番上から、何枚か綴《つづ》りになった書類を取り上げた。それをリディアに向けて示してくる。リディアが書類を受け取ると、そこには見知らぬ男性のプロフィールのようなものが書かれていた。薬学の研究者としての経歴のほか、著作一覧なども記されている。どうやら学者か何かであるようだ。それも恐らくは薬学の分野では権威と呼べるほどの。

「アウグスト・ヴェステルホルム……？」

書かれているその名前には見覚えがあるような気がした。何気なく著作一覧に目をやり、あっと声を上げる。そこには薬草の生態や効能、基本的な薬の調合の解説が掲載された基礎教本が記されていて、そのタイトルがまさしくリディアの記憶にあるものと一致したのだ。

「わたし、この方の本を読んだことがあります。オーケリエルムのお屋敷にいた頃、屋根裏部屋の本の中にこの教本がありました。『新植物図録篇』という本です」

「その者の、恐らくは同名の父祖が以前、イプセンで診療所を開いていたようなのだ。その診療所は二百年ほど前に閉鎖され、子孫と思われるアウグスト・ヴェステルホルム──お前が読んだというその本の著者は現在イプセンで薬学の研究をしているらしい。それらの経歴を鑑みるに、イプセンの子どもたちに症状が出ていないことと、彼らの存在は無関係ではないように思う」

リディアは息を呑《の》んだ。その推測はまるで目の前の霧が晴れるように、現状を打破する可能性を秘めているとリディアに告げていた。

だが、とエルヴィンドはやや苦々しげに続けた。

「その者は他者との繋《つな》がりをほとんど断絶しているようなのだ。イプセン郊外の山の麓《ふもと》で隠居生活をしていて、連絡手段が手紙しかない。その手紙すらも無事に届くかは五分、返事がある確率は更に下がるらしい」

「まあ……それでは人里離れた場所で研究や執筆に没頭していらっしゃるのですね」

平時ならそれはそれで魅力的な人生だと思うが、何しろ今は急を要する事態だ。せっかく病に対抗できる手段を持つ者を見つけたかもしれないのに、連絡を取る方法がほとんどないに等しいなんて。

「では、実際にこちらから出向いて……？」

「それしかないだろうな」

エルヴィンドは重く嘆息した。

「その者をここまで連れてこられるのならば、私が獅子《しし》の姿で空を翔《か》けてイプセンに向かうのが最も早い。だがこれまでに得た情報から察するに、その者をイプセンから出すのは恐らく至難の業だ。それに薬の効能にイプセンの土壌や水などが関係している可能性もある。だからお前にも一緒に行ってもらうのが、この場合一番いいだろう」

リディアは力強く頷《うなず》く。元よりそのつもりだ。

「ええ、もちろんです。お薬を量産するための手がかりを得られる可能性のある場所になら、どこへだって行きます」

「お前ならばそう言うと思ったが……」

珍しくエルヴィンドの歯切れが悪い。一体どうしたのかと首を傾げると、彼は低く呻《うめ》いた。

「ヘイエルダールまではアーレンバリ中央駅から鉄道で丸一日から二十六時間ほどかかるのだ。それもより寒いほうへと向かう旅だ。この時季だと既に雪も積もり始めている。更にヘイエルダール駅からイプセンまでは数時間の馬車移動になるだろう。お前の身体でその旅路に耐えられるのか、私にはそれが気がかりでならないのだ」

エルヴィンドは気遣わしげにリディアの手を取った。リディアは言われた内容を反芻《はんすう》してみるが、二十六時間を超えるという旅があまりに現実味がなさすぎて、うまく想像することができない。アーレンバリ観光をしたときは屋敷から馬車で片道二時間弱だったのだ。それに勿論、リディアは列車に乗ったこともなければ、実物を見たことも一度もない。

精一杯の想像力を働かせ、神妙に頷いてみせる。

「あまり長い時間座りっぱなしだった経験はありませんが、耐えてみせます」

「ヒェリ・バーリとは比にならない寒さだぞ。本当にその細い身体で耐えられるか？」

「大丈夫です」

だって、とリディアは窺《うかが》うようにエルヴィンドを見上げた。

「もし寒さの限界で動けなくなってしまったら、エルヴィンド様がきっとわたしを温めてくださいますもの。……そうですよね？」

リディアはその言葉を、純粋に、言葉そのままの意味で言った。陽だまりのように温かい、包まれていると安心して眠ってしまいそうなその心地好《よ》い腕で、冷え切ったこちらの身体を労《いたわ》るように抱き締めてくれる、と。

だがどうやらそういう意味ではエルヴィンドに伝わらなかったことに、リディアは気付くしかなかった。

エルヴィンドの金色の瞳《ひとみ》が、夜道を忍び足で歩く猫のようにきらりと光る。それがいつかのあの夜、そしてあの明け方——忘れられないあの時間、彼がリディアを見つめる瞳に宿っていたのと同じ類いの光であることにも、気付かざるを得なかった。

彼が自分を見つめる瞳に再びその光が宿ってほしいと、自分が心の奥底で熱望していたこともまた、今この瞬間、リディアはまざまざと思い知ったのだ。

机の向こうにいたエルヴィンドが、こちらに向かって歩み寄ってくる。重厚な木製の、その机という壁を乗り越えてくる。彼と自分との間を隔てるものがなくなり、俄《にわか》に心許《こころもと》ないような心地がしてくる。

金色の光は未《いま》だリディアを射貫いて離さない。その光に縛りつけられているかのように、リディアはその場から動けない。

否――心の奥底では、動きたくないと思っている。

エルヴィンドの手がこちらに向かって伸ばされる。長い指が、リディアの首筋のあたりに触れる――

「――っ⁉」

その瞬間、彼が触れた首筋に、これまでにないほど強い電流が走った。火傷《やけど》でもしたのではないかと思うほどの熱さ、いや痛みだ。今までにもあったあの電流よりも遙《はる》かに強い。まるで二人の間に本当に炎が爆《は》ぜて、その火に直《じか》に触れてしまったかのような。

勢い余って、リディアは尻餅《しりもち》をついてしまった。手で首筋を押さえ、急激に上がった息を必死に整える。

「……っ、？」

思わず助けを求めるようにエルヴィンドを見上げると、彼は手を伸ばした体勢のまま驚いた顔をしている。

首筋は未だびりびりと痺《しび》れるように痛んでいる。そして身体の奥が比喩《ひゆ》ではなく熱い。内臓に火種でも放り込まれてしまったかのように熱を持っている。

「一体どうしたというのだ、リディア」

エルヴィンドが呆然《ぼうぜん》と呟《つぶや》く。だが自分が一体どうしてしまったのか、リディアにだってわからない。

以前から異変の片鱗《へんりん》はあった。エルヴィンドに直に肌に触れられると、静電気のようなものが走る。けれどもそれは女性の身に起こる当たり前のことだと思っていた。だって同じ肌に直に触れられるのでも、彼が紳士的な振る舞いで手を取ったり、頬に触れたりするときには、何の痛みも痺れも、熱さもないのだから。

リディアがこの熱さを感じるときは——エルヴィンドが情熱を持って自分に触れてくるときだ。彼の内に逆巻く炎が、触れられるたびに肌を介してリディアの身体の中に送り込まれてくるかの如く、体内に熱が蓄積していく感覚。

わけがわからず立ち上がることができないリディアに、エルヴィンドは僅《わず》かに逡巡《しゅんじゅん》した後、手を差し伸べてきた。そして恐る恐るといったふうに身体を支え、立ち上がらせてくれる。今度はリディアには何の痛みも熱さもなかった。腰を支えてくれている手は服に阻まれているにしても、手を取ってくれている手とは直に肌が触れ合っているにも拘《かか》わらずだ。

リディアは思わずエルヴィンドの顔を見上げる。その金色の双眸《そうぼう》からは熱っぽさは完全に消え、ただただリディアを気遣う色だけが浮かんでいる。

「わたし……一体どうしてしまったのでしょうか、エルヴィンド様」

知らず助けを求めるような声音になってしまう。

エルヴィンドはリディアの手を握ったまま首を横に振った。

「私はただそのままの意味で、お前の身体に負担を掛けていたのだとばかり思っていた。だからお前に痛みを与えないように、お前を僅かにも苦しませないように、焦らず時間を掛けよう、と。……だがどうやら、理由はそれだけではないようだ」

その言葉に、リディアは少なからず衝撃を受けた。彼の言葉が真実なら、この痛みは女性が必ず得る類いのものではないということだ。

「それは、一体……」

するとエルヴィンドは金色の双眸をすっと細めた。

「身内で爆ぜる黒い炎――に心当たりはないか」

その瞬間、リディアの脳裏を、黒い靄《もや》とともに辺りに広がる火花が過《よ》ぎった。

思わず口もとを押さえ、呟く。

「まさか、ユルド……!?」

「まだ断定はできない。だが奴が原因の病が蔓延《まんえん》している現状を鑑みても、その可能性は高いだろう。何らかの理由で、お前に奴の影響が出てしまっている」

エルヴィンドは片手で自分の前髪を掻《か》き交ぜるように額を押さえた。彼がこんなふうに苛立《いらだ》っている姿をリディアに見せるのは珍しい。

「奴め、幽体が消えてなお、私の大切な花嫁を苦しめるのか……」

リディアは胸がきゅっと切なく痛むのを感じた。自分のことでエルヴィンドが気に病む姿は見たくない。彼がリディアを大切だと言ってくれるのと同じように、リディアだって彼を大切に思っているのだから。

リディアはエルヴィンドの手をしっかりと握り返した。やはり痛みや熱さはない。

「原因が本当にユルドなら、わたしにとっては却《かえ》ってよかったです。原因を除けば必ず治るということですもの。子どもたちの病が治る頃には、わたしのこの症状だって気付いたら治っているかも」

「リディア……」

「わたしは大丈夫です。エルヴィンド様」

言い聞かせるようにそう告げる。

エルヴィンドは何か言いたげにリディアをしばし見つめていたが、やがてそれを振り払うように首を振り、微笑んだ。

「……私の花嫁は、時に驚くほどの強さを見せてくれるな」

その言葉に、リディアも微笑みで返す。エルヴィンドは頷《うなず》いた。

「すぐに列車の席を手配する。夜明け前にアーレンバリ中央駅へ向かおう。朝一番の列車に乗れれば、翌日の昼過ぎか、遅くとも夕方までにはイプセンに到着できるだろう」

リディアも力強く頷き返してみせた。

「では、すぐに旅支度をしますね」

初めての長旅だ。だが嘘偽りなく、不安はまったくない。

エルヴィンドと二人一緒なら。


――だが、どんなときにも人の旅にトラブルは付き物である。

それはいかな天下の聖獣とその花嫁といえども、例外ではなかったのだ。

三ノ章 ◆ 雪の谷

　事実上の北の果てであるヘイエルダールへと向かう寝台列車は一路、アーレンバリ中央駅を早朝に走り出した。

　途中いくつかの主要な駅にも停車するから、それらの駅に用事のある乗客の多くは座席のみの一般車両を利用する。長くとも半日がんばれば目的地に到着するからだ。しかしある一定の区間を過ぎると、あとの行程は列車はヘイエルダールまでノンストップで走り続ける。だから寝台付きの個室を利用する乗客の目的地はほぼ漏れなくヘイエルダール駅である。

　個室には少数だが一等客室が用意されている。とはいえ二等客室であっても寝台付きの個室であることに変わりはないので、ヘイエルダールまでの一泊程度であれば二等で十分だという乗客も多く、一等客室の利用率はさほど高くはない。お陰でリディアたちは無事、目当ての列車の、エルヴィンドが手配した一等車両に乗り込むことができた。

「わあ……！　とても広いお部屋ですね、エルヴィンド様」

　部屋付きの乗務員に案内された個室の扉を開くなり、リディアは感嘆の声を上げた。

駅舎の外観を見たときも、駅のホームに入ってからも、停車する列車を見た瞬間にも都度歓声を上げてしまっていたためか、エルヴィンドが含み笑いを漏らした。

一等車両は大きな客室二つによって構成されている。客室の中はまるで普通のホテルと同じような作りだ。真っ白なクロスが掛けられたテーブルがあり、向かい合わせに置かれた、ゆったりとした一人掛けの柔らかそうな椅子があり、奥には大人二人がゆうに並んで寝られそうな大きなベッドがある。二等車両はもっとたくさんの客室に分かれていて、ベッドも狭い二段のものだというから、一等客室の広さがわかるというものだ。さすがに家具と家具の間の通路の幅は最小限だが、繊細なシャンデリアも美しい模様の壁紙も、とても列車の中とは思えない。

目を輝かせるリディアに、エルヴィンドは備え付けのクローゼットに荷物を置きながら言った。

「テーブルの傍に扉付きの棚があるだろう。開けてみるといい」

「開けてもいいんですか？」

「ここは明日の朝まで私たちの部屋だ」

リディアは意を決して、言われた棚の扉に手を掛けてみる。ホテルの部屋でもそうだったが、リディアは何となく、そこに扉があっても開いてはいけないような気がしてしまう。これは恐らく幼少時から、自分に許された空間というものが極端に少なかった経験によるものだろう。

ともあれ一片の罪悪感と、同時に好奇心にも駆られながら扉を開く。するとそこには書物が何冊も収まっていた。大衆向けの娯楽小説からエッセイまで、一日では到底読みきれないほどの量がある。

リディアは心が高揚する以上に、思わず笑ってしまった。

「だからわたしが荷物に本を入れようとしたとき、いらないから置いていけっておっしゃったんですね」

いくら途中で睡眠を取るとはいえ、丸一日以上もの長い時間を列車で過ごすのだから、暇を潰《つぶ》せるものは何かしら必要だろうと思ったのだ。エルヴィンドに本は不要だと言われて、それなら乗客はどうやって時間を過ごすのだろうと考えていたのだが、その疑問は最高の形で晴れた。ここにあるのはリディアが読んだことのない最新の本ばかりだ。

「もう、教えてくだされればよかったのに」

「お前のその顔が見たかったのだ」

「……？　わたし、どんな顔をしていますか？」

問うても、エルヴィンドは笑うばかりである。リディアは自分の頬を指先で押さえつつ首を傾げるしかなかった。

だが、ひとしきり高揚を味わった後、リディアの心に急激に現実が押し寄せてきた。

（……子どもたちが大変なときに、わたしばっかりこんな素敵なお部屋で……）

それを口に出してしまうのは、部屋を手配してくれたエルヴィンドに対して失礼だと思ったが、どうしてもそう考えずにはいられなかった。身勝手な罪悪感だということはリディア自身にもわかっている。リディアが今どんな行動を取ったところで、あるいは取らなかったところで、それで子どもたちの症状が緩和されるということはないのだから。

黙り込むリディアの表情から、恐らく今考えていることを何もかも察したらしいエルヴィンドが、少しの沈黙の後に声を掛けてきた。

「リディア。お前がこの部屋で過ごす時間も、他の大勢の乗客と一緒に硬い座席に進行方向を向いて座っている時間も、子どもたちにとっては同じ、ただ薬を待つ時間だ」

リディアは思わず顔を上げる。

エルヴィンドは頷いた。

「それに慣れない列車での長旅で無理をしたせいで、もしお前が倒れるようなことにでもなったら、そちらのほうが子どもたちにとっては良くないとは思わないか？」

「そ――それは絶対にだめです。もしお薬作りができなくなったりしたら……！」

わかったら、とエルヴィンドはリディアの頭を、子どもを諭すように撫《な》でる。

「ヘイエルダールに到着するまでは心安らかに過ごすのだ。お前が胆力を発揮すべき時は、まだ今ではない」

その言葉はすとんと、それこそ生徒が教師に諭されるように素直にリディアの腑《ふ》に落ちた。自分に許された空間を図りかねる癖もそうだが、リディアにはその生い立ちのためか、自分を責めるほうへと思考が寄ってしまうことがよくある。そしてそのたびにこうしてエルヴィンドが、本当に教師みたいにリディアを導いてくれる。

「……はい。では、本を一冊お借りしますね」

「ああ。そうするといい」

微笑んでみせるリディアに、エルヴィンドは満足そうに頷いた。


さて、とリディアは気を取り直して棚の前に立った。本を一冊選び、手に取る。海を挟んだ近隣の国に伝わる叙事詩のようだ。これまでのリディアの人生には、国というものはヒェリ・バーリないしアーレンバリしか存在しないようなものだった。それが外国の歴史に関する書物を手に取れる環境にまで身を置けるようになるだなんて。この本もまた、エルヴィンドのお陰でリディアの世界が広がったことを象徴するものだろう。

リディアはふと、何気なく目線を上げた。すると部屋の奥にある大きなベッドが嫌でも目に飛び込んでくる。

とにかくヘイエルダールまではこの部屋で過ごすのだという覚悟を決めたせいだろうか。何だか変に意識してしまい、ぎくしゃくと椅子に腰を下ろす。そして努めて平静を装って本を開く。

先に向かいの椅子に腰を落ち着けていたエルヴィンドが、ちらりと目を上げた。

「リディア」

「は、はい」

「逆だ」

言われて初めて、リディアは自分が本を上下逆さに開いていたことに気づいた。顔を真っ赤にし、慌てて正しい向きに持ち直す。

「心配するな。何もしない。お前に痛みを与えてしまうばかりか、罷《まか》り間違って肌が爛《ただ》れでもしたら大ごとだからな」

「そんな、少し熱いというだけですから」

「ユルドの炎を甘く見てはならない」

少し低い声音で告げられて、リディアは思わず押し黙った。ユルドとはエルヴィンドの半身、対となる存在――ひいてはエルヴィンド自身だ。いくら欠片《かけら》の燃えかすのようなものとはいえ、それがもたらすかもしれない影響の重大さを、誰よりもエルヴィンドが理解しているのだろう。

「昨夜から考えていたのだ。お前に万が一にも痛みを与えることなく、同じ部屋で一晩ともに過ごせる方法を」

「方法……ですか？」

「ああ。私はお前を愛《いと》しく思っている。だからこそお前に触れることで痛みを与えてしまうのだと、昨日わかったからな」

その言葉に、リディアの頬がさっきとは比にならないほど紅潮する。こうもはっきりと言葉にされてしまうと、もはやエルヴィンドの顔を直視することもできない。

「あ、あの……」

「アーレンバリでお前は嫌だと言ったが、この姿でお前と長い時間を過ごしたことは今までなかったからな。こういう機会でもなければこの先もあるかどうかわからない。だから、たまにはいいだろう」

言って、エルヴィンドは立ち上がった。

首を傾げつつその挙動を見守るリディアのほうへ、彼は一歩踏み出す。

その瞬間、彼の身体が淡い光に包まれたかと思うと——次の瞬間、踏み出した彼の一歩が床につくときには、それは上質な革靴ではなく、獣の前足になっていた。

大きな白い猫——いや白銀の獅子《しし》が、リディアの目の前に佇《たたず》んでいる。

自然光の下では淡い金色にも輝く長い体毛が、今は一層白っぽく見える。風がなくとも靡《なび》く鬣《たてがみ》が、列車の一室であるここでもやはり靡いている。

前にこの姿のエルヴィンドを見たのは、屋敷の中庭で彼が雨を降らせたときだ。その前は神殿の傍の湖の畔《ほとり》で。その神々しい姿が室内に、それも列車の中にあるというのは、ある種奇妙で、現実味の薄い美しさがあった。

が、それ以上に、今ここでは体毛がより白っぽく見えることも相まって、それが何とも室内飼いのバーリ・カットのように見えてしまって、堪《こら》えきれない愛おしさが込み上げてくる。

獅子はリディアに何かを問いかけるように長い尾を振った。以前にもそうだったように、この姿になると人の言葉では話さないようだ。

リディアは思わず手を伸ばし、彼の鬣に触れる。そのまま頬から顎《あご》にかけてを擽《くすぐ》るように撫でてやると、彼は気持ちよさそうに目を細めた。姿は優美な獅子でも、やはりその反応や挙動はリディアが知る猫のものにとても近い気がする。

「エルヴィンド様が変身なさる瞬間を見るのは、以前獅子から人間の姿に戻られたとき以来二度目ですが、やっぱりとても不思議です。身体の構造が作り変わったりという過程は踏まないんでしょうか。それともその過程が人の目には見えないだけなんでしょうか」

獅子はすっかり目を閉じている。耳がリディアの声に合わせて動くから、声を聞いてはいるらしい。

「まるで水でできた鏡の中に人の姿をしたエルヴィンド様が入っていくと、同時にその鏡の向こうから、獅子の姿をしたエルヴィンド様が出てくるような……そんなふうにも見えます」

言葉にしてみると、そのイメージはリディアの中でもとてもしっくりきた。獅子は肯定も否定もせず、リディアの足もとに座り、こちらの膝《ひざ》の上に顎を載せる。そしてそのまま目を閉じた。このまま眠るのだろうか。気まぐれな動きも、よく眠るところも、本当に猫そっくりだ。

「……エルヴィンド様、本当に猫じゃなくて獅子なんですよね？」

肯定するように尻尾《しっぽ》が絨毯《じゅうたん》の上でぱたりと揺れる。リディアは小さく吹き出し、彼の耳の後ろを掻《か》くように撫でてやった。

「変身するのがどんな感じなのか、後で人の姿に戻ったら教えてくださいね」

尻尾がまた返事をするようにぱたりと揺れる。

車窓の景色は流れ、駅を出発した時にはまだ薄暗かった空は段々と明るく、陽光は温かくなっていく。

膝の上の重みと温《ぬく》もりが心地好《よ》い。ほどなく聞こえてくる寝息と、それに合わせて上下する大きな身体が微笑ましい。

愛おしい時間に包まれながら、列車は順調に北上していく。

＊＊＊

本を読みながら時折微睡《まどろ》んでいると、時刻はあっという間に昼を迎えた。

食事はレストラン車両で他の乗客と一緒に取ってもいいいし、一等車両の乗客は客室で取ることもできるらしい。後者の場合は部屋付きの乗務員が給仕をしに客室に来てくれるそうだ。

一旦《いったん》人の姿に戻ったエルヴィンドにそう説明されたリディアは、希望を訊《き》かれて真剣に思案した。せっかくならどちらも体験してみたい。こんな機会はそうないのだし。そう思うのだが、どちらもだなんて流石に贅沢《ぜいたく》すぎるだろう。人生初めての列車でこんな豪華な部屋で過ごしているという時点で、自分には過ぎた贅沢なのだから。

黙って考え込んでいるリディアに、エルヴィンドは「では、昼は他の乗客と一緒に、夜はこの部屋で二人で食事をしよう」とさらりと提案してくれた。リディアが何かを言う暇もなく、彼は部屋の外に出て、廊下で待機している乗務員にその旨を伝える。リディアは彼の背中を見守るしかない。

部屋に戻ってきたエルヴィンドは、リディアの顔を見るや、指先でこちらの前髪を梳《す》いた。そして軽く眉《まゆ》に触れてくる。眉間《みけん》に皺《しわ》でも寄っていたのか、それとも眉尻《まゆじり》が下がっていたのか。

「お前は早く、自分が享受してよいものの範囲を知らねばならないな」

「……難しいです、とても。わたしには……」

でも、とリディアは眉に知らず入っていた力を緩めた。

「わたしが迷うたびにエルヴィンド様が導いてくださいますから」

だから大丈夫だという気持ちと、少しの甘えをこめて微笑む。するとエルヴィンドも微笑み返し、手を差し出してきた。リディアがその手に自分の手を重ねると、彼はその手を軽く引く。

エルヴィンドにエスコートされ、一等車両の廊下を抜け、隣の車両へと移動する。扉の中に入り、リディアは何度目かの小さな歓声をまた上げた。そこにはその名の通り、まさしくレストランがあったのだ。

一等車両と同じく絨毯敷きの床に、白いクロスのかかったテーブルと上質な椅子がずらりと並ぶ。真ん中の通路を挟んで、向かって右側が四人掛け、左側が二人掛けだ。テーブルには花が飾られ、位置皿とカトラリーが人数分用意されている。

レストラン車両には中程に一等客室の乗客の専用席が設けられていて、リディアたちはそこへ案内された。本来ならば四人掛けのスペースを二人でゆったりと利用できる席だ。専用席以外は二等客室だけでなく一般車両の乗客も、追加料金を支払えば利用できる。そのため他にも数組の客がいた。とはいえ料金は決して手頃とは言えないため、客の多くはサンドイッチなどを持ち込んだり、途中の停車駅の売店でマッシュポテトが詰まったライ麦のパイやシナモンロールを買い込んだりするそうだ。それも楽しそうだな、と思いながら席に着く。

出された料理もやはり列車の中とは思えないほど本格的だった。揚げ焼きにしたニシンがマッシュポテトとともに何尾も山盛りになった料理はアーレンバリの代表的な料理のひとつだが、他にないほど品良く盛り付けされている。添えられたディルの緑、ビーツの赤紫が目に鮮やかだ。

「ディナーにはトナカイ肉を用意してございますよ。当列車の名物料理なのでぜひ楽しみになさってくださいませ」

とは、白ワインを注ぎにきてくれた給仕の言だ。ちなみにリディアは酒はあまり得意ではないので、白ワインの代わりに甘みを控えた白ブドウのジュースである。

昼食を終えた後は再び客室に戻り、リディアは読書を再開した。エルヴィンドも再び獅子の姿になり、椅子の上から窓の外を眺める。普段よりもその金色の双眸《そうぼう》が細かく動いて、目に映るものをすべて捉《とら》えようとしているように見えたので、リディアは声を掛けてみる。

「その姿でいるときのエルヴィンド様は、人の姿でいるときとは世界の見え方が少し違ったりするんでしょうか」

獅子は頷《うなず》くように鼻先を揺らした。

(普段は今みたいに頷いて、眠いときは尻尾でお返事するのね)

リディアは思わずくすりと笑う。穏やかな時間が再び、窓の外の景色とともに流れていく。

途中、乗務員がお茶とお茶請けの菓子を持ってきてくれたり、獅子が椅子からベッドの上に移動していよいよ本格的に昼寝をしたりと——エルヴィンド曰《いわ》く、獅子の姿でいるときは別段眠くなくても寝ようと思えばいくらでも寝られるそうだ——、旅は至って順調に進んでいた。

アーレンバリ共和国を含む北方の国々の冬は、夜がとても長い。北上すればするほどそれは顕著で、十一月も近くなった今ぐらいの時季、ヘイエルダールほど北の都市であれば、夕方の四時を回る頃にはもう日は沈んでしまう。列車は目的地までまだ半分以上の道のりを残してはいるが、それでも夕方の五時を待たずに辺りは日没を迎えた。窓の外は暗くなり、鮮やかな景色の代わりに、街灯や遠くに見える民家の明かりなどの光だけが星のように窓の外を流れていく。車内にも温かい橙色《だいだいいろ》の明かりが煌々《こうこう》と灯《とも》される。

夕食は予告通り、部屋付きの乗務員が客室内まで給仕に来てくれて、トナカイ肉のローストに舌鼓を打った。昼間のレストラン車両も賑《にぎ》やかで楽しかったが、食事の場に大人数いるという状況に慣れ親しんでこなかったリディアには、この個室レストランのような空間がとても落ち着けた。

夕食後、リディアが最も驚いたのは部屋に浴室が備えられていたことだった。当たり前にないものとばかり思っていたから、驚きのあまり、屋敷に帰ったらアイノたちに絶対に話して聞かせようと一瞬で心に決めたほどだ。もしかすると物知りのアイノは既に知っているかもしれないけれど。

先に入浴するようエルヴィンドが促してくれたので、リディアはありがたく言葉に甘えることにした。身体の汚れをすっきりと落として、濡《ぬ》れた髪を拭《ふ》きながら浴室を出る。すると椅子の上でまったりと過ごしている獅子《しし》と目が合ったので、ふとリディアは首を傾げた。

「猫をお風呂《ふろ》に入れるときって、人間と同じ石鹸《せっけん》を使ってもいいのかしら……？」

それは石鹸の成分が動物の身体に害はないのかという素朴な疑問から出た独り言だっ

たのだが、獅子の耳がぴくりと動き、そして息を鋭く吐き出したような音がした。それは何だか人間が吹き出したときの音に似ていた。

獅子は椅子から飛び降りた。大きな身体からは考えられないほど、体重を感じさせない軽い挙動だ。そして大きく伸びをした後、こちらに向かって一歩を踏み出した。白銀の体毛に包まれた前足が絨毯の上に降りる瞬間、その前足は人間の革靴に変化している。

人の姿に戻ったエルヴィンドは、どう見ても笑いを堪《こら》えきれない表情をしていた。

「お前が洗ってくれるのか？　リディア」

その言葉に、リディアの顔が急激に真っ赤になる。

「……！　ご、ごめんなさい、わたしったら……！」

獅子がエルヴィンドだということは頭ではわかっているのに、獅子の姿の彼はあまりにも動物らしいというか、人の言葉も話さなければケビたちのように人間めいた動きもしないのだ。加えてリディアのほうに獅子というものに馴染《なじ》みがないこともあり、ずっと傍にいると白くて大きなバーリ・カットであるというような気がどうしてもしてきてしまうのである。

わたわたと慌てるリディアに笑い声を残し、エルヴィンドは浴室に入っていった。リディアはベッドの上に座り込む。柔らかい羽毛の掛け布団に身体が沈み込んでいく。

（エルヴィンド様ったら、時々とっても意地悪だわ……）

何だかリディアが慌てているのを見て楽しんでいるような節がある。そのたびに彼の前に情けない姿を晒《さら》してしまうから、できれば勘弁してほしいのだが。

それにそのたびに、心臓がどきどきと痛いほど強く鳴ってしまう。

ベッドに腰を下ろしたまま、リディアはしばらく手でぱたぱたと顔を扇《あお》いだりして、頬の火照《ほて》りが収まるのを待った。濡れた髪を乾かすために椅子のほうへ戻ろうと思うのに、どうにも羽毛布団の上が心地好《よ》くて動けない。タオルで髪の水気を粗方取り、そろそろエルヴィンドも入浴を終えて出てくる頃かとリディアが思い始めた、そのときだ。

穏やかで順調だった旅に突如亀裂が入るかの如く、鋭く耳障りな音が不意に響いてきた。

金属を擦《こす》るような長い音だ。次いで前につんのめるような感覚。

「な、何？」

慌てて立ち上がろうとするも、列車が奇妙な動きをしているせいでうまく立てずに転びそうになる。と、浴室の扉が勢いよく開き、ガウンを纏《まと》ったエルヴィンドが駆け寄ってくる。

「リディア！」

「エ、エルヴィンド様、これは……」

「恐らく列車が急ブレーキを掛けたのだ。完全に止まる瞬間に大きく揺れるぞ。動くな」

「で、でも……きゃあっ」

エルヴィンドの言葉の矢先、列車が大きく揺れた。今までとは逆方向に強い力がかかり、それに否応《いやおう》なく身体が弄《もてあそ》ばれているような感覚。転倒しかけたリディアを、エルヴィンドは咄嗟《とっさ》に腕の中に抱き込んだ。勢い余ってそのままベッドに倒れ込む。

背中をふわりと柔らかい羽毛布団に受け止められて、リディアは咄嗟に瞑《つぶ》ってしまっていた目を恐る恐る開いた。するとその目もとにぽたりと水滴が落ちてくる。

髪が濡れたままのエルヴィンドが、リディアに覆い被《かぶ》さるような格好になっていたのだ。

「大丈夫か、リディア」

「……は、はい……」

あまりのことにか細い声でそう答えるのが精一杯だった。エルヴィンドはすぐにリディアから離れ、鋭い眼差《まなざ》しで窓のほうを見やる。

「この先で事故でもあったのかもしれない。線路は既に雪で覆われているから」

「え？　そうだったんですね」

日没以降は外の景色はよく見えなかったので気付かなかった。確かに窓に近づくと少し冷気を感じるとは思っていたのだが、まさか雪が積もっていたとは。

「線路の付近で雪崩が起こって、そのせいで線路が埋まることも冬場には珍しくないのだ。この時季ならまだ大丈夫かと思っていたが……」

「では、列車はどうなってしまうのでしょう……？」

まさかここまで来て走行不能になり、引き返すことになるのだろうか。

不安を声に滲《にじ》ませるリディアに、エルヴィンドはひとつ頷いた。

「状況を確認してくる。お前は温かくして待っていろ」

エルヴィンドが部屋の外に出て行った後、リディアは言われた通りに髪をきちんと乾かし、寝間着のワンピースの上から温かいガウンを羽織った。列車は依然沈黙したままだ。ヘイエルダールまでは自分たち以外にも乗客がいるはずなのに、不安からだろうか、何だかいやに静寂が耳に痛い。テーブルの上に置かれた照明器具の中の蠟燭《ろうそく》が燃える微《かす》かな音までが響いてくる気がする。

ややあって、エルヴィンドが硬い表情のまま部屋に戻ってきた。

「やはり前方の山で軽い雪崩が起きて、危険を知らせる信号が点灯したそうだ。遠回りにはなるが、別のルートに変更するために線路を切り替えるらしい」

「それじゃ、このままヘイエルダールまで進むことはできるんですね」

リディアはほっと胸を撫《な》で下ろした。いくら時間が掛かっても、目的地に到着できるならそれが一番だ。

しかしエルヴィンドの表情は晴れない。彼は首を横に振った。

「ヘイエルダールまで辿《たど》り着くことはできるだろうが、ひとつ大きな問題がある」

「問題？」

「この先迂回《うかい》路を走行するためには燃料を温存する必要がある。どの迂回路なら無事かわからない状態で、搭載している石炭で足りる範囲のルートでヘイエルダールまで到着しなければならないからな。加えて夜間だということもあって切り替え作業には時間がかかる。停車中の燃料の消費は極力抑えたいだろう」

それは確かにその通りだ。一箇所が雪で埋まったのなら、迂回路として使用しようと思っていたルートも同じ状態になっていた、とならないとも限らない。どれだけ遠回りしようとも燃料を確実にヘイエルダールまでもたせるためには、少しの無駄も許されないというのは理解するに余りある。

と、不意に鋭い冷気のようなものを感じてリディアは身震いした。思わずガウンの前を掻《か》き合わせる。窓の真隣にいるならまだしも、そうではないのに隙間風のような寒さを感じたのだ。

エルヴィンドは眉《まゆ》を顰《ひそ》めた。

「もう冷え始めているか……」

呻《うめ》いて、窓の外の暗闇を睨《にら》む。

つられるようにリディアもそちらに視線を向けると、遙《はる》か前方で、いくつかのランタンと思《おぼ》しき明かりが揺れているのが見えた。前方の状況確認か、ルート切り替えを行なっている作業員たちのものだろう。

と、また冷気を感じて身を竦《すく》ませる。何だか室温が下がってきている気がする。

「リディア、ベッドに入れ。これからもっと冷える」

え、とエルヴィンドを見やると、彼はやはり苦々しげに呻いた。

「客室の蒸気暖房が切られたのだ。今から部屋の中は、雪が積もる山の中と同じ寒さになるぞ」

エルヴィンドの言葉通り、ほどなく外気温とさして変わらない程度にまで室温が急激に下がった。

すべての客室に追加のブランケットが配られ、温かくして待つよう乗務員に告げられる。場所柄こういうことはよくあるのだろう、乗務員の表情や態度がさほど深刻そうではなく慣れている様子なのが、リディアにとっては救いではあった。

一刻も早くアウグスト・ヴェステルホルム氏に会わなければならないのに、という焦りは、この事態では考えても仕方がない。この列車が運転を再開するのを待つのが、今二人が取れる手段の中ではどう考えても最速だからだ。気は急《せ》くけれども、それはいい。リディアにとっての差し迫った問題は今、まったく別のところで発生しようとしていた。

寒さから逃れるため、リディアとエルヴィンドは今、同じベッドに入っている。羽毛布団の上から追加のブランケットをかけてもリディアの身体の震えは止まらなかった。エルヴィンドの屋敷で健康的な生活を送ることができてはいるが、リディアの身体は未《いま》だ華奢《きゃしゃ》で、寒さから身体を守ってくれる肉というものがほとんどないのだ。

ここが室内でなければ、エルヴィンドの能力で照明器具の炎を大きくして暖を取ることもできたが、ここでは火災の危険がある。聖獣が使う力は、人間から見れば物語に出てくる万能な魔法の力のように思えるが、実際はそこにあるものの力を高めるよう働きかける力なのだ。室内で大きく燃え上がらせても火災を起こさない都合のいい火を熾《おこ》したりはできない。

ついに歯の根が合わなくなってきたリディアを見かねて、エルヴィンドが自分のほうを示し、言った。

「リディア。こちらへ」

その言葉に、逡巡《しゅんじゅん》も躊躇《ためら》いもなくリディアはエルヴィンドの胸の中に、ほとんど潜り込むような格好ですり寄った。あまりの寒さに、オーケリエルムの屋敷で過ごした厳しい冬の日々を想起してしまうほどだったのだ。救いを求める心地で彼の腕の中にすっぽりと収まる。その体温に包まれてようやく安堵《あんど》し、リディアは息を吐いた。気付かないうちに呼吸まで詰まってしまっていたようだ。

エルヴィンドはリディアの頭まで包み込むように抱き締めてくれている。彼とこんなに密着したのはいつ以来だろうか。

寒さが落ち着いてきたせいで、いらない考えが頭を過《よ》ぎってしまう。

エルヴィンドからは石鹸《せっけん》のいい匂いがする。普段は森や樹木のような香りの奥にとろりと深い甘さを感じる香水を付けていることが多いから、いつもの彼とはまったく違う匂いだ。

けれどもその奥に、いつもの彼自身の香りを確かに感じる。

(わたしったら……！　エルヴィンド様はわたしを心配してくださってるのに)

けれども一度意識してしまったら、否応《いやおう》なく顔に熱が集まってくる。思わず身じろぎをすると、エルヴィンドはリディアが温かさを逃さないようにだろうか、更に強く抱き締めてくる。

くれているように感じられてしまって、あるはずのない喜びで身体が満たされていく。

リディアがあの強い静電気のような痛みを感じるときは、エルヴィンドは彼の中に情熱があるときだと言った。けれど思い返してみれば、それはすなわちリディアの中にも情熱の火が灯《とも》ったときだったのだ。

では今、リディアが不埒《ふらち》な考えで頭をいっぱいにしてしまったらどうなるか。

(か、考えたらだめよリディア……！　お願い、余計なことを考えるのはやめて)

自分自身に必死に祈りながら、リディアはきつく目を瞑った。

と――そのときだ。

エルヴィンドが身じろぎをした。身体を起こし、窓のほうを見ている。

窓の外は依然暗闇で、遠くに作業員たちのランタンの明かりが見えるのみだ。物音もほとんどしない。乗務員の余裕のある対応が功を奏してか、列車内でパニックになっている乗客は一人もいないようだから、一見極めて静謐《せいひつ》な空間であるように思える。

だがエルヴィンドは次第に身体を強《こわ》ばらせていく。何かを警戒しているようだ。

「ここで待っていろ」

エルヴィンドはそう言い置いてベッドから降り、窓へ近づく。温かい体温がなくなってしまったベッドは抜け殻のようで、心細さも相まってさっきまでよりも寒く感じ、リディアは口もとまで覆い隠すように羽毛布団を持ち上げる。

エルヴィンドは注意深く窓を開けた。すると窓の外に突如、横合いからひとつの明かりが飛び込んできた。

ランタンだ。リディアは咄嗟《とっさ》に、明かりが宙に浮いていると思った。だがよく目を凝らすと、そうではないとわかった。

窓の外に誰かがいて、その誰かがランタンを掲げ持っているのだ。耳を澄ますと複数の馬の嘶《いなな》きが聞こえる。どうやら窓の外には馬車がいて、その御者がランタンを掲げているらしい。御者はつばの広い帽子を目深に被《かぶ》っており、顔は見えない。厚手のコートにマフラー、手袋も身につけていて、肌はまったく見えなかった。

「エリアス・シェルクヴィスト様ですね。主《あるじ》の命によりお迎えに上がりました」

「……何？」

エルヴィンドが遠慮なく声に警戒を滲ませるが、御者はまったく気にした様子もなく、懐から何かを取り出した。

手紙だ。エルヴィンドにとっては実に見覚えのある封蠟《ふうろう》に、彼は目を見開いた。それはまさしくエルヴィンドがエリアス・シェルクヴィストとして手紙を出す際に使用する封蠟だったからである。

「我が主、アウグスト・ヴェステルホルム様がお待ちでございます」

御者の言葉に、エルヴィンドは瞠目《どうもく》した。会話を聞いていたリディアも思わず寒さを忘れて飛び起きる。

確かに出発前、エルヴィンドはアウグスト・ヴェステルホルム氏に訪問を伝える先触れの手紙を出した。追加料金を支払って一番急ぎの便で出したから、それが丸一日でイプセンまで届き、アウグスト・ヴェステルホルム氏がそれをきちんと読んでくれたということだ。現地まで出向いても門前払いを喰《く》らう可能性も勿論《もちろん》あったから、これは喜ばしいことだった。少なくとも迎えの馬車を寄越してくれるほどには、リディアたちの訪問を疎んじてはいないということだ。

「……わかった。リディア、支度を」

エルヴィンドの言葉に、はい、と答え、リディアは急いで荷物をまとめる。浴室で外出着に着替え、しっかりとコートを着込む。

エルヴィンドも同じく身支度をした後、部屋付きの乗務員に途中下車の旨を伝えに行った。料金は事前にすべて支払っているから問題はないし、迎えが来たと言ったらすぐに納得したようだった。これもまた土地柄、ままあることなのだろう。

エルヴィンドが窓越しに二人分の荷物を御者に渡すと、御者は黙って荷物を荷台に積み込んだ。必要最低限のことしか口にしない寡黙な御者のようだ。

エルヴィンドはリディアを横抱きに抱えると、ひらりと窓を乗り越えた。着地すると雪を踏む音がする。外気温は想像通り列車内と大差ない。逆に列車内のほうが寒かったように感じられるほどだ。御者に促されるまま、二人は馬車に乗り込み、向かい合わせに座る。乗車する際に気付いたが、馬車の下部は車輪ではなく橇《そり》になっていた。雪の上を走ることに特化した馬車のようだ。ヒェリ・バーリも真冬にはもちろん雪は積もるが、馬車が通るような道は整備されていて車輪でも問題なく走れるから、リディアには物珍しく感じられた。

アウグスト・ヴェステルホルム氏に少しは歓迎してもらえているのだという安堵と、初めての橇状の馬車、そして石炭を利用した簡易的な暖房器具を搭載しているのだろう暖かい車内に、リディアの胸は俄《にわか》に昂揚《こうよう》する。寒さによって知らず落ち込んでいた気力がみるみる回復していくようだ。座席も柔らかく、膝《ひざ》を曲げれば横になることもできる広さがある。ヘイエルダールまで数時間、イプセンまでそこから更に時間が掛かるだろうが、リディアには苦ではない道のりだと思った。エルヴィンドはしきりにリディアを心配してくれるが、この馬車の中は正直なところ、オーケリエルムの屋敷の屋根裏部屋のベッドで眠るよりも寝心地が良さそうなのだ。エルヴィンドのほうも獅子《しし》の姿になれば椅子の上で眠ることは容易だろう。

「馬車で拾っていただけてよかったですね」

エルヴィンドのほうはしかし、安心しきったリディアの言葉に頷《うなず》きはしたものの、視線は鋭く窓の外を睨《にら》んでいた。

（……先触れの手紙にはどの列車に乗るのかも、どの客室なのかも記していなかった。それなのになぜ、あの御者は我々の居場所がわかったのだ）

リディアからは見えていなかったが、エルヴィンドの目と耳には、この馬車は迷いなく二人のいる一等客室を目がけてきていたように感じられた。それにあの御者は手にしたランタンを、計算したように寸分違《たが》わずエルヴィンドの目線の高さに掲げたのだ。まるで遠くからでも姿が見えていたかのように。

それぞれの思いを乗せ、馬車は北上していく。


途中まで線路沿いに進んでいた馬車は、ある地点から別のルートを進み始めた。

エルヴィンドは懐からアーレンバリ北部の地図を取り出し、リディアに見せる。そこにはヘイエルダールまでの鉄道のルートも記されていて、その一点をエルヴィンドが指さした。

「この辺りが列車の止まった地点だ。雪崩があったという山は恐らくは前方のこれだな。その手前で迂回《うかい》するとなると、西側を大回りする形になる」

アーレンバリ中央駅からヘイエルダール駅までは、線路はまっすぐ北上しているわけではなく、もともとやや西側に傾いている。ヘイエルダール市自体がアーレンバリ市よりも西に存在しているからだ。イプセンはヘイエルダールの中でも北東部に位置している。ヘイエルダール駅からの移動に時間がかかるのはそのためだった。

「馬車は列車が止まった地点からヘイエルダール駅のほうではなく、まっすぐイプセンのほうへ向かっているから、鉄道で行くよりもかなり早く着くかもしれないな」

リディアは窓の外を見た。さっきまでは辺りに木々の生い茂った暗い道を馬車は駆けていたが、今は少し開けた場所に出ている。視界が開けると、積もった雪に反射する月明かりのお陰で辺りはかなり明るく見える。冬は寒くて辛《つら》いばかりで苦手な季節だったけれど、雪明かりだけはリディアも好きだった。静かで幻想的で、景色が普段とはまったく違って見えるから。

エルヴィンドはリディアの隣に席を移り、肩を抱き寄せるようにしてリディアの身体を自分の身体にもたせかけた。

「とはいえ、まだあと数時間はかかる。眠っていろ」

「でも、エルヴィンド様は……？」

「私は昼間に嫌というほど眠った」

そうだった、と気持ちよさそうに眠る獅子の姿を思い出し、リディアは思わず微笑む。

身体が冷えていたところを急に暖かい場所に入ったためか、さっきから今にも眠ってしまいそうだったから、リディアはありがたくエルヴィンドに甘えることにした。

ほどなく寝息を立て始めたリディアを、エルヴィンドは柔らかい眼差《まなざ》しで見下ろす。

その金色の双眸《そうぼう》は、再び窓の外に向けられたときには強い警戒を帯びたものになっている。

何時間も文字通り野を越え山を越え、いくつかの凍った谷川や湖を越え、森を抜けた先に、目指すヘイエルダール市イプセンは見えてきた。元より小さな町だが、馬車は町外れのさらに人けのない寂しい場所を目指して走る。

町の中心部はおろか町外れの民家からも遠く離れた山の麓《ふもと》に、ヴェステルホルム邸はぽつんと建っていた。一見すると豪商の屋敷のような、大きくはあるが古く、どこか寂しげな佇《たたず》まいだ。何かの研究所だと言われればそんな気もしてくるし、小さな病院だと言われればそんな気もしてくる外観である。恐らくは二百年ほど前に閉鎖されたという診療所もまさしくここで、医者であった父祖が遺《のこ》したこの屋敷でアウグスト・ヴェステルホルム氏も暮らし、薬学の研究をしているのだろう。北へさらに少し行った先には深い谷があり、その区域は立ち入り禁止になっている、というのは御者の言だ。

イプセンの町に到着してからエルヴィンドに起こされ、目覚めていたリディアは、ヴェステルホルム邸を前に俄に緊張で息を呑《の》んだ。拒絶されてはいないだろうからと安心していたけれど、本番はこれからなのだ。ヒェリ・バーリの神殿が管理する孤児院が抱える問題を洗いざらいアウグスト・ヴェステルホルム氏に説明し、協力を請わなければならないのだから。こんな場所のこんな屋敷で一人で暮らしている学者を説得するのは、ヒェリ・バーリの町医者に協力を請うのとは訳が違うだろう。

時刻は朝の四時半を少し過ぎた頃。鉄道のルートよりもかなり近道を通ってきたのだろう、想像よりも遥《はる》かに早い時間での到着だ。それだけに、こんな非常識な時間に初対面の相手を訪ねていいものか、リディアは門の前で逡巡《しゅんじゅん》してしまった。何しろ辺りには他には家一軒もない、あまりに静かすぎる場所で、積もった雪がリディアたちが立てる僅《わず》かな物音さえ吸い込んでしまいそうなのだ。

しかし御者は遠慮なく門を開き、リディアたちを中へ迎え入れる。エルヴィンドが当たり前のように入っていくので、リディアは慌てて彼の後をついていく。

「この家の主《あるじ》が待っていると御者も言っていただろう」

確かに馬車に乗り込む前、御者はそう言っていた。エルヴィンドの言葉を肯定するように、寡黙な御者は黙って進む。

と、広い前庭を屋敷に向かって歩いていたとき、何匹かの仔犬《こいぬ》が甲高く吠《ほ》える声が聞こえた。その声は徐々に近づいてくる。リディアがその声のするほうを見やると、果たして屋敷の裏手のほうから前庭へと向かって、仔犬たちがころころと走ってくる。十匹近くいるだろうか、まるで小さな雪玉が転がってくるみたいに見えて、リディアは思わず立ち止まって声を上げてしまった。

「わぁ……！　かわいい！」

仔犬たちは背中側の毛は薄灰色だったり茶色だったりと様々だが、皆一様に顔の下半分と胸や腹、足が真っ白だ。寒い地域で暮らす犬種だからなのか、それとも大型犬の仔犬なのだろうか、白い四肢はむっちりと太い。耳は垂れている子もいれば立っている子もいる。そして何より特徴的なのが、目の上の毛が太い眉《まゆ》のように白いことだった。顔も身体もまん丸なのに眉だけが凜々《りり》しいという、エルヴィンド邸に住むねずみ妖精《ようせい》の三つ子の女の子たちを彷彿《ほうふつ》とさせる、何とも愛らしい顔だ。

仔犬たちはリディアとエルヴィンドを取り囲み、千切れんばかりに尻尾《しっぽ》を振りながら足もとに飛びついてきた。思わず手を伸ばすと大人しく撫《な》でられてくれるし、ごろんと腹を見せてくれる子までいる。

どう見ても歓迎されているようだ。

リディアは仔犬たちの愛らしさに心臓を射貫かれていたが、不思議な懐かしさのようなものも同時に感じていた。

(何かしら？　なんだかとっても馴染《なじ》みがあるような……？)

リディアは犬を飼ったことなどないし、オーケリエルムの屋敷にいた頃も今も、生活圏内に犬はほとんどいない。懐かしさを感じるほど、人生で犬というものには接してこなかったはずなのに、以前から知っていて身近にいたかのような安心感すらある。

エルヴィンドは特段仔犬たちの相手はしていないが、仔犬たちはまったく意に介さず彼にもじゃれついている。彼が歩けば長い足の間をすり抜け、一緒に飛び跳ねて遊ぶ。

いつの間にか御者は姿を消している。馬を厩《うまや》に戻しに行ったのだろうか。代わりに仔犬たちに先導される形で、リディアたちは屋敷の扉の前へと辿《たど》り着く。

ドアベルはあったが見るからに壊れていたため、エルヴィンドが扉をノックした。しかし返事がなかったので、彼は二度目のノックを試すことなく遠慮なく扉を開く。

「失礼する。アウグスト・ヴェステルホルム氏はご在宅か」

だだっ広い玄関ホールに、その声はやたらと響いた。あまり物が置かれていないせいもあるだろうか。一見すると本当に人が住んでいるのかと疑うほど閑散としている。

ここがかつて診療所であったなら、確かに待合用の長椅子などをいくつか置けそうな広さだ。今はその面影もないが。ホールの左手奥からは屋敷の奥へと続いているのであろう廊下が延びていて、その先は暗くて見えない。そして右手奥には扉がひとつある。

不意に、その扉が独りでに開いた。前触れもなかったのでリディアは驚きで飛び上がってしまった。

エルヴィンドが咄嗟《とっさ》にリディアを背に庇《かば》う。

扉からは明かりが漏れている。次いで扉の中から声が聞こえてきた。

「悪いが手が離せないから、勝手に入ってきてくれないか」

若い男性の声だ。

リディアは思わず玄関の外を振り返り、仔犬たちを見る。仔犬たちは利口にお座りをしたまま一歩も中に入ってこない。

と、扉の中から、今度は口笛のような音が聞こえた。するとその音を聞いた仔犬たちが、それを合図に今度は一斉に玄関ホールの中に入ってきて、左手奥の廊下の先へと走り去っていった。あちらに寝床があるのか、それとも屋敷の裏手へと繋《つな》がっているのか。最後尾の一匹が去り際に振り返り、促すようにリディアの顔を見た。

リディアは思わずエルヴィンドと目を見合わせる。エルヴィンドはリディアの手を引いて、扉のほうへと歩き出す。

扉を開くと、そこにはまさしくリディアが学者や作家という言葉から受ける印象通りの部屋が広がっていた。

部屋自体は、恐らく十分な広さがある。にも拘《かか》わらず、人が入れるスペースというものが極端に少ない。通路が狭く、小柄なリディアでも身体を横向きにして進まなければならない箇所があるほどだ。

壁という壁に隙間なく天井までの高さの書棚が設置され、そこに書物がみっちりと詰め込まれている。それだけでは飽き足らず、書棚からあぶれた書物が何十冊も床から腰の高さにまで積み上げられていて、そんな塔がいくつもある。三つほど置かれた作業台のような机には、目盛りのついたグラスのようなものや秤《はかり》、いくつもの細長いガラスの管のような容器など、様々な実験道具と思われるものが書類の山と一緒に散乱している。

天井には巨大な格子の板のようなものが取り付けられていて、そこから無数の乾いた植物がぶら下げられている。よく見るとリディアには見覚えのある植物ばかりだった。図録の中でしか見たことのないもののほうが多いが、その中にアイノやベッテ、マイレ、そしてヨエルと同じ種の植物もあったのだ。あらゆる薬の原料となる薬草ばかりが天井から吊《つ》るされている。

その圧巻の光景に目を瞠《みは》りながら、リディアはエルヴィンドの後に続いて注意深く狭い通路を進む。うっかりすると書物の山を崩してしまいそうだ。

ほどなく一際大きな山の向こうに、同じく書物や書類でほとんど埋もれかけた書き物机があり、そこに向かう一人の青年を見つけた。

見える年の頃はエルヴィンドの外見年齢と同年代。眼鏡を掛けているが、その顔立ちは恐ろしく整っている。リディアはエルヴィンドをしばしば彫刻のようだと思うが、この青年に対しても、まるで彫刻を前にしているような印象を受けた。着ているものはシャツにズボンというごく一般的な成人男性の普段着だが、その上から、物語に登場する魔法使いのお爺《じい》さんが着ているようなローブを羽織っている。辺境で人との関わりをほぼ断って暮らす学者が着用するにはこれ以上なくしっくりくるようにも思えたが、着ている本人にはあまり似合っていなかった。

何より目を奪ったのは、その髪だ。エルヴィンドよりも長い。緩くひとつに編んでいるが、解《ほど》くと地面につくのではないだろうか。色は冬の夜空のような濃紺で、毛先に行くほどその色は薄く、水色にも近い色になる。

青年はリディアとエルヴィンドのほうには一瞥《いちべつ》もくれずに、手もとの書類に何かをものすごい速度で書き付けている。その文字は恐らく本人以外には誰にも読めないだろうと思われるほど崩して書かれている。

青年が何も言う気配がないので、業を煮やしたエルヴィンドが口を開こうとした。するとそれを察知してか、青年がやはりちらりとも視線を上げないままに制する。

「待って。これだけ書き終えてしまいたいから。頭の中にあるうちに」

エルヴィンドは嘆息した。リディアのほうはこの部屋のすべてに圧倒されてしまっていて、興味深そうなものがたくさん並んでいるにも拘わらず、手持ち無沙汰《ぶさた》に見て歩くなど到底できそうにもなく立ち尽くしていた。

青年が紙にペンを走らせる音だけが響く。ややあって、彼は机にペンを置いた。

この部屋に入ってきて十分近く経過しただろうか。青年はようやく顔を上げ、エルヴィンドのほうを見る。

眼鏡にうっすらと色がかかっているのだろうか。加えて部屋の明かりが眼鏡に反射していることもあり、その双眸《そうぼう》はあまりよく見えない。

「手紙をくれたエリアス・シェルクヴィスト？」

確信を持ってのその問いに、エルヴィンドは頷《うなず》く。

「初めてお目に掛かる。こちらは妻のリディアだ」

「は、はじめまして」

青年の視線がこちらに向いたので、リディアは慌てて一礼した。

青年が立ち上がる。年季の入った革張りの椅子が軋《きし》んだ音を立てた。彼はこちらへ出てこようとして、出てきたところで自分が収まるスペースがないことに気付いたのだろう、机の向こうからそのまま手を伸ばしてきた。

「アウグスト・ヴェステルホルムは俺だ。遠路はるばるようこそ」

エルヴィンドは顔を顰《しか》めたままその握手に応《こた》えた。次いでリディアのほうにも手が伸びてきたので、リディアも恐縮しながら握手をする。ひんやりと冷たい手だ。

アウグストは椅子に座り直し、背もたれに体重を預けて足を組んだ。その拍子に靴の先が、足もとに積み上げられていた本の山を蹴飛《けと》ばし、ばさばさと音を立てる。しかし学者はそんなことは気にも留めていない素振りで口を開く。

「それで、何だか急ぎの用だって？」

「ああ。こんな時間に迎え入れていただき感謝する」

「別に感謝されるようなことじゃない。今ぐらいの時間なら、普段から俺の活動時間だから」

リディアは思わずアウグストの背後の本の山の上に無造作に斜めに置かれた置き時計を見た。間違いなく朝の五時前だ。随分早起きなのだな、と思いかけたところをアウグストの言葉で打ち消される。

「いつも日没の頃に起き出して、明け方に寝るんだ」

「……この辺りの日の出は、今の時季なら朝八時頃のようだが？」

「俺、夜型だから」

当然のようなその回答に、エルヴィンドは小さく嘆息した。リディアはそういう生活習慣の人を目の前にするのは初めてなので、半ば感動してしまう。物語に描かれているような学者や作家のイメージ通りだ、と。

で、とアウグストは眼鏡の奥からリディアを見上げてきた。

「急ぎらしいから早速本題に入るけど。薬を量産する方法を知りたいって？」

「あ——は、はい。このお薬なんですが……」

リディアは手荷物の中から、持参した薬を取り出した。瓶の中で光る白銀の粉を見て、やや逡巡《しゅんじゅん》する。アウグストもアーレンバリ国民であるからには聖獣エルヴィンドの存在を知らないはずはないが、イプセンで他者との関わりを断って暮らす学者が、エリアス・シェルクヴィストなる人物が聖獣エルヴィンド本人であることを知っているとは思えない。その上でエルヴィンドはエリアス・シェルクヴィストとして手紙を出したのだ。ここは一旦《いったん》、これが聖獣の花嫁だけが扱える材料が含まれた薬だということを伏せたほうがいいのか、それともこの場で二人の身分を一から説明したほうがいいのか。

逡巡していたのはほんの数秒の間だったはずだが、アウグストは焦《じ》れたように身を乗り出し、リディアの手の中から薬の瓶を引ったくった。そしてリディアにもエルヴィンドにも何の説明も求めてくることなく、瓶の中身をガラスの小皿の上に空け、ピンセットで選《よ》り分けたり、顕微鏡に載せて覗《のぞ》き込んだりと検《あらた》めていく。

「なるほど。珍しい材料を使ってる。これじゃリディア女史の腕を持ってしても量産が難しいはずだ」

（女史……）

身の丈に合わない言葉だ、とリディアは思わず身を縮めるが、アウグストは顕微鏡を覗き込んだまま続ける。

「君の腕前はこの薬を見たらわかる。調合の割合は言うに及ばず、材料となる薬草の育て方、切り方、乾かし方まで完璧《かんぺき》だ。これは相当訓練を積んだな」

確かに薬作りを続けた年数だけは長いが、果たして訓練と言えるだろうか、とリディアは首を傾げるしかない。リディアの薬がよく効くのは、聖獣の眷属《けんぞく》として付与された治癒能力のお陰であるところが大きいのだし。

しかしリディアが何か否定や謙遜《けんそん》の言葉を発するより先に、エルヴィンドが言った。

「そうだろう。リディアの薬作りの腕はアーレンバリ共和国内最高峰だ」

リディアは思わず顔を真っ赤にする。

「エ、エル……エリアス様！」

「だろうと思うな、俺も」

「ヴェステルホルム先生まで……！」

アウグストが片眉《まゆ》を上げ、顕微鏡から視線を外した。

「アウグストでいい」

「……アウグスト、先生」

有無を言わせぬアウグストの声音に、リディアの語尾が思わず消え入りそうなほど小さくなりかけるが、気を取り直して問う。

「それで、アウグスト先生。量産するいい方法はあるのでしょうか？」

するとアウグストはあっさりと首肯した。

「あるね」

「そ——それは一体」

「量産するには、現段階のこの薬には薬草が一種類足りない」

リディアの顔がぱっと輝く。

「加えることで量産が可能になる薬草があるということですか？」

「というより、加えることで元の薬の効き目を何倍にも増幅させる成分を含んだ薬草だ。元となる薬もある程度の量が必要だが、そこにその薬草を大量に加えることで、成分や効能を薄めることなく量産が可能になる。で、その薬草は俺が大量に持ってる」

その夢のような言葉に、リディアは思わず身を乗り出した。

「その薬草を譲ってはいただけないでしょうか。エリアス様からのお手紙で既にご存じでしょうが、国内の多数の孤児院で流行《はや》っている病を治すために、この薬を急ぎ量産しなければならないのです」

「もちろん十分な対価をお支払いする」

エルヴィンドがそう言い添える。

アウグストは肘《ひじ》掛けに頬杖《ほおづえ》を突いて、リディアとエルヴィンドをかわるがわる見た。

そして目の前の玩具《がんぐ》から急激に興味を失った子どものような唐突さで、椅子の背もたれに深く身体を沈めた。

「遠路はるばる来てもらって悪いけど、断る」

「え……」

アウグストの言葉が一瞬理解できず、リディアは思わず言葉を詰まらせてしまう。こちらが何か言おうとするよりも先に、彼は面倒くさそうな声音で続ける。

「俺は医者じゃない。その俺の持論だけど」

眼鏡の奥の瞳《ひとみ》は極めて凪《な》いでいる。

「人に限らずすべての生き物は、生きるも死ぬも自然の流れに従うべきだ」

思いもよらない言葉に、リディアは一瞬怯《ひる》みかけた。

「で――ですが、罹患《りかん》しているのは幼い子どもたちや、身体の弱い子どもたちなのです」

「だから？　それは俺には何をする動機にもならない。幼かろうが老いていようが、俺にとっては平等な命だ」

その言い分は尤《もっと》もだ。だが根本的な部分が決定的にずれている、とリディアは感じた。

「その病は、あなたのおっしゃる自然の流れとは違うものなのです。ある意味で人為的なものだとも言えると――」

アウグストはリディアの反論を遮るように、殊更に椅子の音を立てて立ち上がった。

リディアは一瞬怯みつつも言い募る。

「それにお訊《き》きしたいことはもうひとつあるのです。その病というのが、ここイプセンでだけ──」

「はいはい、ちょっとどいてくれる？」

アウグストは今度こそ机の奥から出てきて、狭い通路を扉に向かって歩き始める。あまりに取り付く島もない態度だ。リディアは焦って彼の後を追う。

（どうして？　エルヴィンド様からの手紙を読んでこちらの目的を知った上で、迎えの馬車まで寄越してくださったのに、ここまで拒絶されるだなんて──）

リディアの思考すら無情に遮るかのように、アウグストが言う。

「夜明けまでまだ時間がある。部屋なら余ってるから君らは休むといい。っていうかこの家の中じゃいくら朝寝坊したって構わないし」

「アウグスト先生！」

「でかいベッドなんてないから部屋は別々になるけど、まあ同じ家の中だし構わないよな。あ、あと扉を開けっぱなしにしてたら犬たちが勝手に入るから、嫌だったらいちいち閉めてくれ。犬小屋は裏庭だけどほとんど室内飼いみたいなもんなんだ。風呂《ふろ》もトイレもキッチンも好きに使っていい。お客なんて来ない家だけど、君らを迎えに行ったあいつが毎日家中掃除してるから綺麗《きれい》、なはずだし。多分」

先導するように身体を横向きにして通路を進みながら、アウグストは言った。その何でもない声の調子が却《かえ》って強い拒絶のようにリディアには感じられた。途方に暮れた気分で思わずエルヴィンドを見上げる。

（……エルヴィンド様？）

エルヴィンドは何か、形容しがたい眼差《まなざ》しでアウグストの背中を見つめていた。申し出をはね除けられて憤っているのとも、焦っているのとも違う。警戒が一番近いようにも思えるが、それも少し違う——

「君ら、この部屋で寝るつもりか？　俺は執筆中に部屋に誰がいようと別に構わないが、変わってるな」

アウグストのその言葉に、エルヴィンドは嘆息する。そして歩き始めたので、リディアも慌てて彼の後を追った。


アウグストの屋敷の中には、驚いたことに噴水のようなものがあった。中庭ではなく室内にだ。それこそアーレンバリの中でも比較的暖かい地域ならば中庭があるような広い空間が、この屋敷では室内にあり、そのまま天井がガラス張りのサンルームになっている。そしてその噴水の周囲に、数百種類はあろうかという薬草が室内で生育されていた。

大きめの民家というよりは、宿泊もできる小さな研究所であるような印象をリディアは受けた。

屋敷は三階建てで、驚いたことに二階部分にも一階と同じように玄関があった。アウグスト曰《いわ》く「真冬は一階の玄関が雪で埋まるから」ということらしい。アウグストの研究室関連は一階に、基本的な居住空間は二階に、そして客室は三階にあった。

通された客室はベッドもテーブルも完全に一人用だった。こぢんまりとしてはいるが、アウグストの言葉通りとても清潔に管理されている。

「昔は医者見習いがここで下宿したり、看護師が寝泊まりしたりしてたんだ。だから一人部屋」

なるほど、とリディアは納得した。書き物机の周りの収納が、部屋自体の規模に比べて充実しているのも、それが由来なのだろう。

「旦那《だんな》さんはあっちの部屋、奥さんはこっちの部屋でいいね？　あっちのほうがベッドがちょっとだけでかいから、体格差的に」

アウグストが示したリディアの部屋に、エルヴィンドがリディアの荷物を入れてくれる。

「長距離の移動に、思わぬ事故もあって疲れただろう。ゆっくり休め、リディア」

「はい、エリアス様も。おやすみなさい」

そう言うだけで部屋に入ろうとしないリディアを、エルヴィンドが促す。

「早く入れ。身体が冷えてしまう」

「今夜はエリアス様がたくさん苦労なさったでしょう。だから、いつもエリアス様がしてくださるみたいに、今夜はわたしがエリアス様がお部屋に入るのをお見送りしたいです」

その言葉に、ずっと張り詰めていたエルヴィンドの金色の瞳の光がふっと緩んだ。

「では、そうしてもらうとしよう」

言ってエルヴィンドはリディアの髪に口づけ、自分の部屋に入っていった。扉が閉まるのを見届けてから、リディアも自分の部屋に入る。そして扉を閉める前に、廊下に立つアウグストに一礼した。

「お先に失礼します」

「はい、おやすみ」

「……あの、アウグスト先生」

リディアはドアノブを握ったまま、閉まりかけた扉の隙間からアウグストをまっすぐ見上げる。

「わたし、諦《あきら》めていません。苦しむ子どもたちを救うためにここまで来たのですから」

「──ふうん？」

アウグストが面白がるように片眉《まゆ》を上げる。

「どうしたらアウグスト先生にご助力願えるかはわかりませんが、わたし、そのためなら何でもするつもりです」

「何でも？」

がっ、とアウグストが扉を掴《つか》んだ。ドアノブを握ったリディアがどう力を入れても扉は動かない。一瞬でその場に凍りついてしまったみたいに。

「なら、ひとつ条件を出してやろう」

リディアは冷や汗を浮かべてアウグストと見つめ合う。彼が扉を摑んだと同時に激しい緊張感で身体が震えそうになったけれど、視線を外してはだめだと思った。

「前からずっと、俺の研究活動に助手がいればいいのにと思ってたんだ。助手というより、俺の技術を活《い》かしてくれるパートナーだな。……そして君が作ったあの薬を見るに、君は極めて有能で使えそうだ」

アウグストが身を屈《かが》め、耳打ちするようにリディアの耳もとに唇を寄せる。夜空の色をした髪がリディアの頰にさらりと触れる。

「この家に、っていうか俺の研究室にずっと残って、俺のパートナーになってくれ。君の旦那さんとは離ればなれになってしまうけど」

リディアは思わず目を見開く。

眼鏡の奥の彼の瞳に浮かぶ色は、やはり窺《うかが》い知れない。

「この条件を吞《の》むなら、薬を量産するための薬草を必要なだけ分けてやろう。扱い方ももちろん教えてやる。一晩でも二晩でもよく考えてくれ。――それじゃおやすみ、リディア女史」

四ノ章 ◆ 二頭のフェンリル

その幼い少女はただ切実に、生きるために、様々な種類の薬を必要としていた。

実の母親と姉により、八歳の頃からほとんど奴隷に近い下級の使用人として扱われていた。栄養失調から来る発育不良により、年齢よりも小柄で痩《や》せっぽちだったその少女にとって、広大な屋敷を清潔に保つのはあまりに困難だった。弱い身体に鞭打《むちう》って一日中働いても、堆積《たいせき》した埃《ほこり》や黴《かび》は少女を内側から蝕《むしば》んだ。屋敷の主人たちによる折檻《せっかん》のせいで、身体はいつも傷だらけだった。

少女を助けてくれる大人は一人もいなかった。

痛みや苦しみから逃れることの叶う薬を少女のために作ってくれる人は、少女自身をおいて他には存在しなかったのだ。

だけど、とリディアは思う。

(今のわたしなら……苦しむ子どものために薬を作ってあげられる。助けてあげられる大人になれる)

あの頃の少女が切望した、漠然とした『救い』に、今なら自分がなれる。

いつか、ヒェリ・バーリの神殿の傍の湖で、自分が幼い頃の幻を見せられたことがあった。実の姉に虐げられていた幼い少女を、それが幻だとしてもリディアは身を挺《てい》して庇《かば》うことができた。それだけでもかつての孤独な自分が救われたような気持ちになれたのだ。

客室のベッドで寝返りを打ちながら、リディアは悶々《もんもん》と考える。温水により家全体を温める暖房設備が備えられているため、部屋の中はとても暖かい。それでもリディアの心は、寒い冬の朝であっても氷の張った水で屋敷中を掃除することを余儀なくされていた、幼いリディア自身を追いかけ、その水の冷たさを鮮明に思い出して震えた。

アーレンバリ中の孤児院の子どもたちに薬が行き渡るよう量産するためには、アウグストに提示された条件を呑まなければならない。時間もなく、他にあてもない。

条件を呑んだら、リディアはこの場所に拘束される。

アウグストはいつまでとは口にしなかった。ひょっとしたら彼が薬学の研究を続ける限り何年にも、あるいは何十年にも亘《わた》るかもしれない。

その間ずっと、移動に丸一日以上かかる距離を、リディアはエルヴィンドと離ればなれになる。

（……わたし……わたしは……）

ベッドの中できつく目を閉じ、知らず息を殺す。

（子どもたちを見捨てることは、絶対にできないわ……）

裏を返せばそれは、痛みや苦しみを抱えた孤独な少女を──かつての自分自身を見捨てることだから。

身体はくたくたに疲れているのに、その後しばらくの間、リディアは眠りに就くことができなかった。

窓の外は暗く、夜明けはまだ遠い。


極北の地の遅い夜明けまでまだあと一時間以上を残した頃、エルヴィンドは客室のベッドの上で身体を起こした。

斜向《はす》かいの部屋にいるリディアは眠れているだろうか。長旅の後の慣れない土地で、きちんと休めているといいのだが。様子を見に行こうかとも考えたが、もし眠りが浅かったら物音で起こしてしまうかもしれないと考え直す。

エルヴィンドは静かに階段を下り、一階へ向かう。生活に必要な設備はすべて二階にあるが、そこは素通りする。

来たときと同じように、サンルームを通り過ぎる。中央に鎮座する噴水は、恐らく飾りではなく、絶えず水を循環させるための設備なのだろう。暖かく保たれた室温と新鮮な水のお陰もあってか、栽培されている薬草たちは皆生き生きとしている。

十分な設備が整っているとはいえ──植物を育てるには適さない過酷な環境で、たった一人の人間の手で育てるには、あまりに完璧《かんぺき》すぎるほどに。

玄関ホールを横切り、最初に訪問したアウグストの書斎へと向かう。ここが診療所だった頃には、恐らくあの部屋が患者を診《み》る診察室だったのだろう。一階には廊下の奥にもいくつかの部屋があるから、それらが処置室か。

アウグスト・ヴェステルホルムが学者ではなく医者だった頃には。

エルヴィンドは書斎の扉を開き、中に入る。こちらの訪問には気付いているだろうに、部屋の奥にいるアウグストは反応しない。本の山を掻《か》き分けて狭い通路を進み、その姿を確認すると、彼はやはり一心不乱に書き物をしていた。

アウグストは顔を上げない。机の上には凡《およ》そインテリアとは呼べないような、旅人が山歩きの際に使用する無骨なランタンが無造作に置かれている。

エルヴィンドは片手を目線の高さまで挙げた。そしてその手をやおら天井のほうへと向ける。

それと同時に、エルヴィンドの手の動きに操られたランタンの炎が大きく舞い上がった。

天井から所狭しと吊《つ》り下げられている薬草にその炎が達しようとする寸前、空中でパキパキとガラスが触れ合うような音が鳴る。かと思うと、天井近くに突如として氷の障壁が形成され、薬草の前に立ち塞《ふさ》がったその壁が炎を防ぐ。

炎は氷の壁により勢いを殺され、元のランタンの中に戻る。

氷の壁のほうも炎を弾《はじ》くと同時に消失する。

攻防は一瞬。今や何事もなかったかのように、アウグストが書き物をするペン先の音だけが部屋の中に響いている。

「……大都市で人のように暮らす聖獣の割には野蛮だな。やはり俺はファフニールとは根本から合わない」

紙から目線を上げないまま、アウグストが言った。

エルヴィンドはアウグストを見据え、答える。

「人のように暮らす聖獣は世界中に点在していると聞くが、まさか同じ国内の、こんな場所で出会うとはな」

聖獣は基本的に同族と群れることはない。生涯で交流のある聖獣が自分の対となる聖獣のみだという場合も少なくないのだ。聖獣同士では関わりを持たず、ゆえに互いの居場所も知らない。知っていたとしても、何という種の何々という名の聖獣が世界のどこかにいる、というところまでが精々なのである。

そして人間社会で人間のように暮らす聖獣は、人間としての名前や肩書きを持つ。だから人間名を聞いただけでは、よほど近しい間柄でもない限り、それが聖獣であるとはわからない。

「アウグスト・ヴェステルホルム。診療所は二百年ほど前に閉鎖されたと聞き、医者だったのは同名の父祖かとも思ったが」

エルヴィンドが低く告げる。

アウグストが視線は紙に向けたまま、掛けていた眼鏡を外す。

「二百年前にここで医者をしていたのもお前自身だったのだな。――『氷の聖獣』」

その言葉に応《こた》えるように、アウグストが顔を上げた。

ずっと眼鏡の奥に隠れていた双眸《そうぼう》が明らかになる。

ランタンの明かりに照らされたその瞳《ひとみ》は――エルヴィンドと同じ、金色。

「君、この家に入ってくる前から警戒心剝《む》き出しだったたな。一体いつから気付いてたんだ？」

「我々を迎えに来た御者から僅《わず》かに漏れていた聖獣の力の気配に気付いてからだ」

「おっと。ほぼ最初からか」

「最初からとは言えない。お前の名や経歴を見た段階ではまったく気付かなかったのだから」

苦々しげにエルヴィンドが呻《うめ》くと、アウグストは声を上げて笑った。

「表向きはアウグスト・ヴェステルホルムって名前を代々受け継いでる人間ってことになってるからな。だけどもう正体がばれてるなら、改めて自己紹介しようか」

アウグストは椅子に腰掛けたまま、上体だけで慇懃《いんぎん》無礼にお辞儀をしてみせた。

「アウグスト・ヴェステルホルムってのは人間社会での通称で、本当の名はアクセリだ。既にお気づきの通り氷を司《つかさど》る聖獣。種はフェンリル」

「フェンリル――狼か」

「そう、ばかでかい狼。自分で言うのもなんだけど」

「なぜ私がファフニールだと？」

エルヴィンドが問う。こちらの本名を知っていたり、顔を見たりしたことがある者であれば、国生みの聖獣ファフニールだということはすぐにわかるだろう。だがエルヴィンドはアウグスト──アクセリとは正真正銘の初対面だ。

アクセリはおどけるように肩を軽く竦《すく》めた。

「君とは一方的に面識があるんだ」

「……何だと？」

「面識って言うと語弊があるかな。君のここらへんに──」

言いながらアクセリは自分の心臓の辺りを示す。

「──燻《くすぶ》っている炎の持ち主であるファフニールに、随分昔に一度だけ会ったことがある。もう千五百年以上前だと思うけど」

エルヴィンドは瞠目《どうもく》した。言わずもがな、エルヴィンドの体内には対の聖獣であるユルドの欠片《かけら》が埋め込まれている。

アクセリは苦い記憶を反芻《はんすう》するように眉《まゆ》を顰《ひそ》めた。

「すれ違って軽く挨拶《あいさつ》する程度だったけど、まあ嫌な奴だったな。乱暴だしいやらしいし、人間への愛情が歪《ゆが》みまくってる。世界だって破滅に追い込みかねない。闇の聖獣だか何だかだって聞いて納得したよ。あれ以来俺はファフニールが嫌いなんだ」

だから、とアクセリは腕組みをして、実に尊大な態度でエルヴィンドを見上げた。

「初対面なのに悪いが、同じファフニールである君のことも、俺はうっすら嫌いだ」

エルヴィンドは思わず片手で額を押さえた。

「……だから我々の申し出をああも無下に断ったのか」

「まあ正直、それは大いにあるね」

あまりのことにエルヴィンドは深い嘆息をするしかなかった。こんなところにまでユルドの負の影響が出てしまっているとは。

と、書斎の扉が開いて、あの御者が部屋に入ってくる。室内だというのにコートにマフラー、手袋という出で立《た》ちもそのまま、目深に被《かぶ》った帽子もそのままだ。扉が開いた隙を突いてか、何匹かの仔犬《こいぬ》たちもころころと入ってきた。床に積まれた無数の本の塔を器用に避《よ》けながら、こちらに近づいてくる。だが今度はエルヴィンドには見向きもせず、アクセリの足もとに楽しげにじゃれついている。

「やはりその犬たちは妖精《ようせい》か」

仔犬たちに構ってやりながらアクセリが頷《うなず》く。

「サンルームの噴水の水に宿ってる。あれ、二百年以上前からこの家にある守りの噴水なんだ」

エルヴィンドは、己の屋敷に宿るねずみ妖精たちと楽しげに触れ合うような表情で仔犬たちと接していたリディアの姿を思い出した。仔犬たちが妖精だとまでは気付いていていなかったようだが、何かしら感じるものはあった様子だった。

御者は運んできたコーヒーを机の上に置いた。トレーの上にはもうひとつコーヒーが載っている。エルヴィンドのためのもののようだが、物だらけの書斎で座る場所もなく立ったままアクセリと話しているエルヴィンドに、どのようにコーヒーを出したものか迷っているようだ。あちこち試行錯誤した挙句、結局机の上に並べて置いた。

「もう俺の正体ばれてるから、顔見せて構わないよ」

コーヒーを一口飲みながら、アクセリが御者に言う。

寡黙な御者はそれに頷き、ごく普通の男性がごく普通に挨拶するような動作で脱帽した。

帽子を取った御者には、顔がなかった。

つるりと透明な白っぽい頭部。文字通り向こう側が透けて見える。

さすがに驚いて言葉を失うエルヴィンドに、御者は会釈する。そして再び帽子を被ると、トレーを持って退室していった。仔犬たちもそれに続く。

マフラーから覗《のぞ》いた首も、顔と同じ材質だった。恐らくはコートや手袋に覆われた身体も。

「氷で作った人形なんだ、あれ」

何ということもないというふうにアクセリが言った。

エルヴィンドはあの御者が聖獣の眷属《けんぞく》だということには早い段階で気付いていたが、

ノアと同じように人間であるとばかり思っていたのだ。

「人間嫌いここに極まれり、って感じだろ」

アクセリは喉《のど》を震わせるようにして笑う。

エルヴィンドは氷でできた御者の去ったほうを見やった。必要なこと以外をあまり話さないのも、主《あるじ》がそう命じているからなのだろう。

だからこそ、エルヴィンドが資料から得たアウグスト・ヴェステルホルム像と嚙《か》み合わない。

「二百年前までは医者だったということは、怪我や病で苦しむ人間を救いたいと思う程度には人間が好きだったのではないのか。なぜ氷像を動かして従者にするほど、人間を遠ざけるに至ったのだ」

アクセリの金色の双眸が一瞬、遠くを見るような眼差《まなざ》しになった。

「……君には関係のない話だ」

それに、とアクセリは机の上に頰杖《ほおづえ》を突く。

「まだ君の本名すら、俺は知らないし」

「……失礼。改めて名乗ろう。我が名はエルヴィンド。光を司る聖獣だ」

アクセリの双眸が興味深げに瞬いた。

「ファフニールってのは本当に対の聖獣と別の属性を持つんだな。君が光で、あいつが闇か」

「記憶違いをしているようだから一応訂正しておくが、私の対の聖獣が司っているのは『影』だ」

「あれ、そうだっけ？　まあどっちも似たようなもんだろ。っていうか『闇』のほうがしっくりくるから、これからもあいつのことは闇呼ばわりし続けるぞ、俺は」

そのいい加減な言い草にはさすがにエルヴィンドも嘆息した。この世界に本物の『闇』の聖獣がいるのかどうかは知らないが、本物に出会ったときにどうするつもりなのだろう、このフェンリルは。それだけ初邂逅《かいこう》のときのユルドの態度を根に持っているということなのだろうが。

アクセリはそんなことは気にも留めていない様子で続ける。

「俺たちフェンリルは二頭とも同じ氷の属性なんだ。割合的には半々だって話には聞いてたけど、実際に目の前にすると変な感じだな」

「では、お前の対となる聖獣も狼なのか？」

「そう。あ、じゃあ君は翼の生えた蛇じゃないってことになるのか」

「私は獅子《しし》だ」

「空も飛べる？」

「ああ。飛ぶというよりも、空を駆けると言ったほうが正しいが」

「なるほど。空を駆ける獅子っていうと俺たちの理《ことわり》の中じゃ、広義には竜だな。翼の生えた蛇も同じく」

そう。ファフニールとは、聖獣の理の中においては竜を指す言葉なのだ。

人間社会の古来の創作で広く知られている竜の姿とは異なるから、人間社会に溶け込んで暮らそうという聖獣はその慣習に倣い、空飛ぶ獅子や蛇をあえて竜とは呼ばない。エルヴィンドが獅子を自称するのもそのためだ。実際のところ、聖獣にとってはその姿がどの動物に近いかというのは大きな問題ではない。己の本質は獅子や蛇や狼ではなく、あくまで聖獣という括《くく》りに属しているという自負があるからである。

にしても、とアクセリは椅子の背もたれに体重を預ける。

「君の奥さんは、聖獣の眷属だからってだけじゃなく薬作りの才に秀でてるな。あの才能を埋もれさせるのはもったいない。やっぱりあるべき場所で活《い》かすべきだ」

その言葉に、エルヴィンドは机に手をつき、アクセリのほうに詰め寄った。

「先ほど、去り際に良からぬ条件をリディアに突きつけただろう」

「……あれ。気付いてたんだ？　ならなんであのとき何も言わなかったの」

「先にお前の思惑を知らねばならないと思ったからな」

「思惑なんて」

アクセリは詰め寄るエルヴィンドから逃げようともせず、そればかりか自分から顔を近づけてきた。

「君のことが嫌いだから、その花嫁にも意地悪したくなっただけ」

至近距離で、二対の金色の瞳《ひとみ》が鋭く絡み合う。

「考えを改めろ、フェンリル。我々のように人間とともに生きる聖獣は、その力を人間のために使うべきだ」

「それ、人間嫌いの俺に言う？」

「お前が人間嫌いかどうかなど、私にもリディアにも関係のない話だからな」

「じゃあ言い方を変えよう。ファフニール嫌いの俺に力を貸せって？」

「お前が嫌っているファフニールはユルドだろう」

「君の対の聖獣ってことは、君はその闇のファフニールでもあるだろう」

「我々が鎮めようとしている病はユルドがもたらしたものだ」

アクセリが反論の言葉を呑《の》み込んだ。

僅《わず》かに眉《まゆ》を顰《ひそ》め、呟《つぶや》く。

「……なるほどな。そういうことか」

アクセリは考え込むように口もとに手をあてる。

「さっきあの薬を見たとき、何となく、どこかの聖獣の力に対抗するためのものなんじゃないかとは思ったんだ。あれ、そうだろ？　あの銀色の細かい花びらの破片」

エルヴィンドは頷き、声音を抑えて苦く告げた。

「千五百年前から、私はユルドとの長い戦いの最中《さなか》にいる。その過程において先頃、私はヒェリ・バーリでユルドの幽体と戦った。その幽体を散らした際、奴が放ったエネルギーが、孤児院の子どもたちに病を引き起こしたようなのだ」

「……なんてこった。そんなことが」

うんざりと呟くアクセリに、エルヴィンドは更に言い募る。

「その中で唯一、イプセンの孤児院だけが無事だった。だからイプセンに住まう薬学の権威であるお前を訪ねてきたのだ。薬の量産も確かに大きな目的のひとつだが、イプセンの孤児院だけが罹患《りかん》を免れた理由がわかれば、病に苦しむ子どもたちを救う手立てのひとつになるかもしれない、と」

アクセリはエルヴィンドと同じ聖獣の色をした瞳で、エルヴィンドを見据える。

「つまり、俺たちは共通の敵に対抗することになるって言いたいのか」

「結果としてはそういうことになるな」

「……なんて小狡《ずる》い言い草だ。反論の余地がない」

アクセリは呻《うめ》き、首を横に振った。

「だけどイプセンの孤児院だけが無事だった理由なんて俺にもわからないよ。君も知っての通り、診療所を閉めてここが俺だけの研究所になってから二百年経ってるんだ」

「……もうひとつ、気になることがある。ユルドの病はイプセンを除くアーレンバリ北部にある孤児院を侵食してから南下してきたのだ」

「……ん？　君が闇のと戦ったのはヒェリ・バーリでなんだろう？」

「ああ。だから本来、病が広がるなら南部からでないと不自然なはずだ」

「確かに、おかしい。俺が君でも、その病にイプセンが何かしら噛んでると踏むだろうけど……」

しかしアクセリはしきりに首を捻《ひね》る。それが本当に心当たりがなく疑問に思っている素振りだったので、エルヴィンドは眉を顰めた。

「本当に何も知らないのか？」

「だって俺、人間と最後にちょろっと会話したのも何十年前ってレベルなんだぞ。仮にイプセンの町で何かがあったとして、知る手立てもないんだ。アーレンバリ中でそんな病が流行《はや》ってるってのも君に聞いて初めて知ったぐらいだよ」

「心当たりのひとつもないのか」

「心当たりったって……」

アクセリもつられるように眉を顰めた、まさにそのときだ。

――二人は同時に顔を上げ、同じ方角を睨《にら》んだ。

北だ。ここより北の彼方《かなた》から、何か禍々《まがまが》しいものが急接近してきているような気配がする。

「……何だ？　この気配は」

エルヴィンドが呻く。ユルドの気配とはまったく別種の禍々しさだ。こちらに害意を持つ聖獣ではない。もっと単純で純粋な、純然たる破壊をもたらす類いのもの。

まるで雪崩や洪水――自然がいかなる意思も介在させずに猛威を振るっているような。

「まさか。災害の前兆はなかった。俺が気づけなくても、犬たちが先に気づいて教えてくれるはずなんだ」

アクセリが剣呑《けんのん》な眼差《まなざ》しで立ち上がる。その仔犬《こいぬ》たちは今まさにこの圧倒的な禍々しさを感じているのだろう、吠《ほ》えもせずじっと息を潜めている気配がする。

「災害ではない……？　では、まさか」

エルヴィンドはあるひとつの可能性に思い当たった。だがそんなはずはないと頭から掻《か》き消そうとした矢先、

――地響きのような轟音《ごうおん》が屋敷を揺るがした。


エルヴィンドとアクセリが屋敷の外に飛び出すと、門の外に朦々《もうもう》と土煙が舞っていた。何かが分厚く積もった雪を突き抜けてその下の地面を抉《えぐ》るほどの勢いで突進してきたか、高いところから落ちてきたとしか思えなかった。

土煙の向こうには、小さめの民家ほどの大きさはあろうかという何かの影。当然、アクセリの家は町からは離れているため、本来ならば周囲に建物はない。

エルヴィンドもアクセリも、互いに戦闘態勢を取ったまま、息を殺して土煙が晴れるのを待つ。

純然たる破壊欲の塊のようだったその気配に、ふと一筋の、エルヴィンドにとっては非常に馴染《なじ》み深い気配が混じった。

「これは……ユルドの炎だと？」

火花も靄《もや》も、目に見えないだけでどこまでも風に乗って飛んでいく。ヒェリ・バーリで飛び散ったユルドの欠片《かけら》は、こんな極北の地にまで到達していたのだ。

そしてその欠片は、欠片の持ち主は今や知る由もないだろうが、こちらにとっては極めて喜ばしくない結果まで引き起こした。

「……奴の散り際の執念には恐れ入る。まさか眠れる魔物まで叩《たた》き起こしてしまうとはな」

エルヴィンドは苦々しく呻く。金色の瞳が刺すように眼前のものを見据える。晴れた土煙の向こう、とうとう姿を現わしたそれを。

そこには身体がどろどろに朽ちかけた、四つ足の巨大な獣にも見える異形の黒い魔物が、殺気立った唸《うな》り声を上げながら佇《たたず》んでいたのだ。

魔物はこちらの姿を認めるや――朽ちた皮膚が覆い被《かぶ》さっていて眼球は見えないが――、雪の交じった土を巻き上げながら突進してきた。エルヴィンドは飛び退《の》いてそれを避《よ》ける。動きから猪の魔物かとも思ったが、それにしては身体が規格外に大きすぎる。そのお陰で小回りが利かないのか動きがやや鈍いが、その欠点を補って余りあるほどの膂力《りょりょく》だ。魔物が突進した部分の土が、そこだけ小路のように抉れている。

魔物は今度はアクセリに標的を定めたようで、そちらに向かって突進の予備動作を始める。ほどなく魔物が動き出す。小屋一軒分ほどの質量がアクセリに向かって肉薄してくる。

だが、アクセリは動かない。

目を見開いて魔物を見つめたまま、呆然《ぼうぜん》と立ち尽くしている。

「――何をしている、フェンリル！　避けろ！」

エルヴィンドは慌てて叫ぶが、アクセリはその声がまるで聞こえていないのか、ぴくりとも反応しない。このままでは魔物の巨大な身体はアクセリを押し潰《つぶ》す。あの質量に真正面からぶつかってこられたら内臓までぐしゃぐしゃになって跡形も残らないだろう。

エルヴィンドは腕を大きく掲げた。まだ夜明け前、屋敷の外周には氷の御者が灯《とも》したのであろう外灯の火が煌々《こうこう》と輝いている。そのすべての光をエルヴィンドは集め、増幅させる。エルヴィンドの腕の動きに操られ、光たちはその光量を急激に増していく。

（奴は恐らく気配だけでこちらを認識している。眼球が退化しているなら――）

目がほとんど利かないのなら、強い光には弱いはずだ。

エルヴィンドが腕を魔物のほうへ突き出す。その腕の動きに操られ、強い光がまっすぐに魔物のほうへ飛んでいく。

果たして魔物は悲鳴のような雄叫《おたけ》びを上げ、土煙を上げながら立ち止まった。苦しみにもがくような動きを見せた後、慌てて退散していく。

北に広がる丘の向こうへと去っていく魔物の背中を、エルヴィンドは今は黙って見送った。深追いするにはこちらにはまだ準備が足りない。イプセンの町が襲撃される可能性もある以上、近々に討伐しなければならないが、ひとまずは態勢の立て直しが必要だ。

何しろ相手は魔物——今やほぼ絶滅したと考えられている相手なのだから。

それに、とエルヴィンドは苦々しげにアクセリを見やる。アクセリはまださっきと同じ場所で、さっきと同じように、逃げていく魔物の背中を呆然と見送っている。

その、身体が朽ちる前は四つ足の巨大な獣だったのであろう魔物を。

その魔物の——黒ずんだ身体には不似合いの、枯れ木のような色をした、犬のように長い尾を。

ふと、何かの違和感を覚えてエルヴィンドは再びアクセリを見る。視線の先で、既に魔物の姿は丘の向こうへと消えている。丘を含め、アクセリの家よりも北側には民家はない。あるのは丘、その向こうの山、そして深い谷だけだ。

「……フェンリル。ひとつ答えてくれ」

半ば確信を持って、エルヴィンドは問う。

「お前の目に、さっきの魔物は何に見えた？　巨大な猪か、犬か、それとも」

アクセリの瞳《ひとみ》がこちらを向く。言葉にせずとも、その眼差しは、エルヴィンドのこの考えが正しいものだということを悲痛なほど雄弁に示していた。

＊＊＊

今日《こんにち》のような人の文明の黎明《れいめい》よりも昔、地上には魔物と呼ばれる生き物が跋扈《ばっこ》していた。

姿形は地上に暮らす獣や鳥、爬虫類《はちゅうるい》に酷似している。大きな違いはそれらの動物たちに比べて巨大であることと、性格が凶暴であること、そして——身体が朽ちる寸前の遺《い》骸《がい》のようであることだ。

長い年月をかけて腐朽が進んだ魔物は石になり、やがてはその石も崩れて砂になることから、魔物とは死に瀕《ひん》した動物たちが何らかの変異を起こしたなれの果てだと考えられている。変異の原因は諸説あり、曰《いわ》く聖獣の力が悪いほうへ作用した結果である、悪意を持った妖精《ようせい》の力によるものである、あるいは地中のガスや鉱石などの有毒物質、はたまた毒を持つ動物たちの死体から漏れた体液など、研究者によって意見は様々だ。要ははっきりとした原因は未《いま》だ解明されていないということである。

文明の発展した今に至るも解明に至っていない一番の理由は、とにかくサンプルが少ないことだった。

かつて地上に君臨し大災害の如く猛威を振るった魔物たちは、千六百年以上前、聖獣たちによって大掃討された。そのため現在の人間たちが魔物を恐れたり、魔物の襲撃に備えたりすることはほぼ皆無である。

ごく稀《まれ》に、討伐漏れにより世界の片隅で眠っていた魔物が、何らかの拍子に目覚め、災厄を引き起こすことがある。具体的には、遺跡の苔《こけ》むした動物の石像かと思っていたら、実はそれが眠っていた魔物で、洪水を引き起こし付近一帯の麦畑が全滅した等の例が報告されている。魔物被害は人間たちには災害同然に認識されているので、人間からすれば魔物に備えるというよりは、災害に備えると言ったほうが正しい。

　目覚めた魔物は基本的にそこから一番近い場所にいる聖獣により、その都度討伐されている。これはかつて大掃討を行なった聖獣たちが結んだ協定によるものだ。人間にとっての災厄は、人間社会で暮らす聖獣にとっても多くの場合は災厄なのである。

　魔物たちが引き起こす災厄は多岐に亘《わた》る。文字通りの災害——洪水や長期の日照り、豪雨に嵐、豪雪に雪崩、山火事などは言うに及ばず、時には病を撒《ま》き散らしたりすることもあるのだ。

　そして魔物のそういう災厄の力は、悪意を持った聖獣や妖精たちの力と、悪い意味でとても相性がいい。

「つまり……もともと病を撒き散らす力を持っていた魔物が、ユルドの散り際のエネルギーの影響を受けて目覚めてしまった。そしてお互いの力が悪い方向へ作用し合った結果、本来であれば人間に病を引き起こすほどではなかったユルドの力を魔物が増幅させてしまい、魔物の棲処《すみか》があると思《おぼ》しき北から順に病が蔓延《まんえん》してしまった、と……」

　エルヴィンドから一連の説明を聞かされたリディアは、眉《まゆ》を寄せて呟《つぶや》いた。

　未明の到着から数時間が経過し、現在の時刻は昼前だ。リディアも勿論《もちろん》、今朝の戦闘の物音には気付いていたが、すぐにあの御者が、安全な部屋の中から出ないようにと言いにきてくれたのだ。仔犬たちが心細そうに部屋にやってきたので迎え入れ、もこもこの身体を慰めるようにかわるがわる抱き締めているうちに戦闘音は止《や》んだ。するとまた御者がやってきて、お連れ様は無事だから安心して眠るようにと言ってくれた。

心身の疲れに加え、添い寝をしてくれた仔犬たちの温かい体温によって眠気が誘われ、目を閉じてうとうとしたが、やはり眠りは浅かった。夜明けから二時間ほど経った頃に目覚め、ずっと起きていたらしいエルヴィンドに今朝あったすべてを説明され、そして今である。

今朝の不安げな様子から一転、元気にこちらの足もとにまとわりつきながら裏庭の雪の上を駆け回る仔犬《こいぬ》たちを眺めながら、リディアは思わず微笑んだ。

「あの仔犬たちに初めて会ったとき、不思議な懐かしさを感じたんです。ケビたちのように聖獣様のお屋敷に宿る妖精だったからなんですね」

それに、と屋敷の二階を見上げる。二階の裏庭に面した部屋には食堂があって、ついさっきまで御者がそこでリディアたちの遅めの朝食の世話をしてくれていたのだ。

「あの御者さん、本当に四六時中世話を焼いてくださるから、いつ寝てるんだろうってちょっと心配だったんです。まさか氷でできた方だったなんて」

「あの厚着は寒さ対策ではなくて、氷を溶かさないための装備だそうだ」

「アウグスト先生がそういう力を装備に込めていらっしゃるんですね。……えっと、アクセリ先生、とお呼びしたほうがいいんでしょうか」

ふと気になって問うと、エルヴィンドは首を横に振った。

「お前は人間だから、あのフェンリルのことは人間の名で呼んでやるのがいいだろう」

「あら、エルヴィンド様は先生のことをフェンリルって……？」

「同じ聖獣でも種が違うからな。お前も犬のことは犬と呼ぶだろう」

確かに人も犬も同じ動物だけれど、とリディアは首を傾げる。

「その犬に名前がついていたら、名前で呼ぶと思いますけど」

「その犬がいけ好かない犬だったらどうだ」

いけ好かない犬というのがリディアには想像つかないが、普通はそういう場合は名前ではなく犬と呼ぶものなのだろうか。やはり聖獣の感覚というのは時折、人間とは少し異なる部分がある、とリディアは思う。

ともあれ、リディアは今度は屋敷の一階部分に目を向けた。

「アウグスト先生は夕方までお目覚めにはならないんですよね」

日没に目覚めるのが常だと本人が言っていたが、今朝の事情が事情だけに少々心配だ。

「……お屋敷を襲った魔物に、心当たりがおありの様子だったとか」

「ああ。……戦闘が終わってすぐに奴は倒れるように眠ってしまったから、詳しい話まではできなかったが」

エルヴィンドも目を細め、アクセリの書斎があるほうを見やる。書斎の奥に大人一人が辛《かろ》うじて身体を横たえられる空間があって、アクセリは今そこで眠っている。寝室も一応あるにはあるが、基本的には書斎で寝るのが日常であるらしい。

「奴には確かめねばならないことが山ほどあるな。あれが昼間はほとんど目が利かない魔物なのだとしたら、恐らくは今夜にも再び襲撃があるだろう」

緊張感に、リディアは息を呑《の》む。

エルヴィンドはリディアを安心させるように抱き寄せ、前髪に口づけた。

「そう心配するな。私は聖獣だ。魔物の討伐には慣れている」

「……でも、エルヴィンド様がお怪我をなさらないか、今朝もとても不安だったのです」

「魔物相手に怪我をさせられるほど弱く見えるか?」

「そ、そうではなくて……! エルヴィンド様のことは信じていますけれど、でも、どうしても心配はしてしまいます。だって……」

リディアは顔を真っ赤にして、思わず俯《うつむ》いた。

「わたし、エルヴィンド様のことを、とても、た……大切に想って、いますから……」

エルヴィンドの金色の瞳が見開かれる。リディアが大好きな、猫のような目だ。

彼は小さく微笑み、そっとリディアの頬に触れた。

「そう愛らしいことを言うな。我を忘れてお前に痛みを与えそうになってしまう」

ぼんっ、とリディアの頬があまりの熱さに沸騰しかけた。慌てて上体を引き、自分の両手で両頬を挟むようにして熱を冷まそうとする。

エルヴィンドは喉《のど》の奥で笑った。こちらの反応まで彼の思い通りだったのだと悟り、思わず頬を膨らませてしまう。

と、ふと疑問が浮かぶ。

「わたしの症状もユルドが原因だとすると、ひょっとして、あのお花を使ったお薬を飲めばわたしも治るんでしょうか？」

今さらながらそんなことに気付く。子どもたちの病を治さなければということで頭がいっぱいだったが、考えてみればあの花にはそもそも火の粉に対抗するための力が備わっているのだ。薬にするどころか、花弁をそのまま食べても効果があるのかもしれない。

案の定、エルヴィンドは頷《うなず》いた。

「恐らくはそうだろうな」

「ど、どうしてもっと早く教えてくださらなかったんですか……！」

こんな簡単なことに気付かなかった自分も自分だが、と思いながらも、自然恨みがましくなってしまう眼差《まなざ》しでエルヴィンドを見上げる。

すると彼は当然のこととばかりに笑った。

「私が教えても、お前ならば限りある花弁を自分のためだけには使わないだろう」

リディアは思わず言葉を呑み込んだ。まったく彼の言う通りだったからだ。

仮にもっと早い段階であの花が自分の症状に効くのだと気付いていたとしても、子どもたちに薬を行き渡らせるために量産しなければならない状況では、たとえ一欠片《かけら》であってもリディアは飲みはしなかっただろう。

それに、とエルヴィンドは続ける。

「恐らく、だと言っただろう。お前のあの症状の原因はユルドだけではないかもしれないのだ」

「もしかして、今朝の魔物の何らかの影響が……？」

「ああ。孤児院の病と同じように、病を撒き散らす魔物の力とユルドの力が互いに作用し合ったのが原因だとするならば、あの花の花弁でお前の症状を鎮めることができたとしても、それは一時的なものだろう。あの花では病の二つの元凶のうち、片方だけしか潰《つぶ》せない。もう片方の元凶であるあの魔物は必ず討伐しなければ」

リディアはエルヴィンドの手を取った。

「……必ず気を付けて戦うと約束してくださいね」

「ああ、必ず。千五百年も待ち続けた花嫁を悲しませる真似などするものか」

その言葉に、リディアは不安ながらも思わず微笑む。エルヴィンドはリディアの手を優しく握り返した。

「それにお前は魔物を買いかぶっているぞ。奴らは死にかけた獣のなれの果てだ。確かにただの獣では持ち得ない巨体や膂力《りょりょく》を持つが、その身体は緩やかに、だが確実に死に向かっている。災害とも呼べるその力はともかく、魔物本体は恐るるに足る相手ではない。崩れかけた廃墟《はいきょ》を想像してみろ」

確かに廃村の崩れかけた小屋などであれば、リディアにだって破壊することが可能かもしれない。他方、現役で使用されているきちんと管理された丈夫な小屋ならば、同じ大きさであっても絶対に不可能だという自信がある。その点ではエルヴィンドの言葉は納得できるが、しかし。

「……今朝の戦いでは、ものすごい地響きが何度もした気がするんですけど」

「問題はそこだな」

予想外にも、エルヴィンドはあっさりと認めた。

「魔物は獣であったときよりも身体が膨張するから、巨体であるのは当たり前のことだ。だが今朝の魔物は規格外の大きさだった。元がただの犬や狼であるならば、な」

エルヴィンドはもう一度、アクセリの書斎があるほうを睨《にら》んだ。

「そろそろ奴を叩《たた》き起こして事情を聞き出さねばならない。……今朝の魔物は、恐らく元はフェンリルだ」

＊＊＊

客室に戻ったリディアは一人、ベッドに腰掛けてぼんやりと窓の外を眺めていた。

膝《ひざ》の上には仔犬妖精《ようせい》が一匹乗って微睡《まどろ》んでいる。人懐っこい仔犬たちの中でも一際甘えん坊の一匹だ。他の子たちよりも身体が小さくて幼い見た目だから、一番赤ちゃんなのかもしれない。

エルヴィンドはアクセリの書斎に、宣言通り彼を叩き起こしに向かった。途中まではリディアも一緒にいたのだが、アクセリの寝起きがあまりに悪く、寝ぼけてそこら中のものをぽいぽいとこちらに投げてくるので、エルヴィンドに避難するよう言いつけられたのだ。

と、膝の上の仔犬《こいぬ》の耳がぴくりと動き、顔を上げた。リディアの膝の上から飛び降り、閉じた扉のほうへと駆け寄る。ほどなくして扉がノックされた。返事をすると、現われたのはあの氷の御者だった。仔犬は御者の足もとにじゃれついたあと、部屋の外へと去っていった。

御者がリディアに会釈したので、リディアも会釈を返す。顔は相変わらず帽子とマフラーで隠れているから、正体を知っても何だか実感が湧かない。

「アウグスト先生はお目覚めになりましたか？」

問うと、御者は首を横に振った。

「あと二時間は起きないかと」

「……そうですか」

書斎での彼の様子を見るに、それもそうだろうなという気がしてくる。エルヴィンドは彼から話を聞き出すのに相当苦労するのではないだろうか。

御者は帽子を目深に被《かぶ》り直すような仕草をした。その拍子に、下から見上げている格好のリディアからは、氷の煌《きら》めきのようなものが一瞬見えた。

その煌めきの美しさに見惚《みと》れるリディアに、御者が言う。

「それで、出すぎた真似かとは思ったのですが、奥様へは私から説明できることもあろうかと考えた次第です。光の聖獣様は恐らく私よりも、多少無理をしてでもアクセリ様から直接お聞きになりたいご様子だったのですが」

「……そうですね。同じ聖獣様同士、きっと思うところもおありでしょうから」

リディアは立ち上がった。御者は廊下のほうへリディアを促した。

「こちらへ。お見せしたいものがございます」

リディアを先導し、御者は進む。雪の中で立ち往生した列車まで迎えに来てくれたときと同様、不思議な心地好《よ》さと安心感がある。確かに彼は氷でできた人形なのかもしれないが、アクセリにとってはきっと、エルヴィンドにとってのノアのような存在なのだろうという気がリディアにはした。

御者はリディアを鍵《かぎ》の掛かった階段室まで連れてくると、鍵を開けて中に招き入れ、階下に向かって下り始めた。客室を利用する際に使った階段ではない。もっと屋敷の奥まった場所にある、日頃あまり使われていなそうな階段だ。一見普通の階段のようにも見えるが、何だか違和感があった。もうひとつの階段よりも距離が短い気がする。

「この階段は中三階、中二階、そして半地下へと続いています。三階からか、もしくはアクセリ様の書斎の奥にある階段からしか行けない構造になっています」

階段室に鍵が掛かっていたことからも、そこが客人が気軽に入ってはいけない場所だということはすぐに想像がついた。リディアは一瞬、このまま御者について行っていいのかどうか躊躇《ためら》ったが、御者は構わない様子で階段を下りていく。今夜の魔物の襲撃までそう時間の余裕もないのだと思い直し、リディアは彼の後をついて行った。

半地下に到着すると、そこは仄《ほの》かな明かりに照らされた空間だった。狭い階段ホールだが、地下という言葉から想像するような薄暗さではなく、何か食べ物を扱う商店の倉庫を彷彿《ほうふつ》とさせる、必要な明かりが常に灯《とも》されているという雰囲気だ。

ただし、ものすごく寒い。外気温よりも遙《はる》かに室温が低いのではと思われる冷え具合だ。

階段ホールの向こうには重厚な扉がひとつあった。

御者は着ていたコートを一枚脱いだ。一枚というのは、どうやらコートを何枚も重ね着している様子なのだ。その一番上に着ていたものを脱ぎ、リディアに差し出してくる。

「着てください。これは擬態用のただの普通のコートなので、暖かいはずです」

「ありがとうございます」

階上が暖かかった分本当に急激に身体が冷えつつあったので、リディアはありがたくそのコートを受け取った。確かに普通に暖かく着られる真冬用のコートだ。

一方、擬態用だというコートを一枚脱いだ御者は、恐らくアクセリの魔法のような力で冷やされ続けているらしいコート姿になっているが、見た目の印象はあまり変わらなかった。

リディアがコートの前をしっかりと留めたのを確かめ、御者は扉のほうへと歩き出した。扉は金属製で、同じような材質のいかにも重そうな閂《かんぬき》によって閉められている。

（何かしら？　凍ったものを置いておく貯蔵庫にも見えるけど……）

御者が閂を抜いて扉を開くと、リディアは自分の想像が正しかったことを悟った。

扉の向こうにはだだっ広い洞窟《どうくつ》のような空間が広がっていて、そこに無数の大きな氷の塊が積み上げられていたのだ。氷の塊の中には植物の影のようなものが見える。

しかしその圧倒的な量の植物らしきものを閉じ込めた氷の塊群よりも、リディアの目は今、別のあるものに奪われていた。

「ここはアクセリ様の薬草の保管庫です。アクセリ様が長い時間をかけて集めた、古今東西ありとあらゆる稀少《きしょう》な植物がここに保管されています」

御者は告げ、次いでリディアの視線の先にあるものを手で示した。

「そしてこちらは――氷の聖獣フレイヤ様の彫像です」

膨大な量の氷の塊を従えるように、あるいは外敵からそれらを守るかのように――洞窟の中央に、巨大な狼の氷像が鎮座していたのである。


エルヴィンドは大きな嘆息を漏らした。

書斎の隅で寝ぼけた聖獣と何十分にも亘《わた》って攻防を繰り返すなんて、冷静に考えたら馬鹿馬鹿しいことこの上ない。

部屋の主によってそこら中に投げつけられた本やらペンやらペーパーウエイトやら、

はたまた何の用途かまったくわからない道具の数々やらを半眼で見回し、エルヴィンドは前髪をくしゃりと掻《か》き交ぜた。元より足の踏み場にも事欠く空間なので、今さら寝ぼけた聖獣によって散らかされたところであまり変化はないとも言えるのだが。

「いい加減にしろ、フェンリル。お前に付き合っていたらきりがない。今夜あの魔物の襲撃があったときに私が問答無用で討伐して構わないのか？」

今朝の襲撃で、エルヴィンドはあの魔物を深追いしなかった。そうしようと思えば昨夜のうちに討伐できたにも拘《かか》わらずだ。

あの魔物の正体を、アクセリは間違いなく知っている。

「他者が勝手に討伐するには穏便ではない事情がありそうだと思ったから、今朝は見逃したのだ。だがお前の都合でそう何日も引き延ばすことはできない。リディアや町の人間たちに危害を加えないとも限らないからな。……尤《もっと》も、我々が町へ近づかない限りは、恐らく町のほうは無事だと思うが。あれは同族の強い気配に引き寄せられているようだから」

エルヴィンドは、絨毯《じゆうたん》敷きの床の上に何重にもクッションやら厚手のブランケットやらを置いて、その真ん中でこちらに背を向けて室内飼いの大型犬よろしく丸くなっている青年を見据えた。

「同じ種の聖獣は原則、この世に二体だ。ファフニールがこの世に私とユルドしか存在しないように」

すなわち、あの魔物の正体が犬や狼ではなく、フェンリルであるならば。

エルヴィンドは金色の瞳《ひとみ》を細めた。

――かつてはあの巨大な狼の朽ちかけた瞼《まぶた》にも嵌《は》まっていたのであろう、同じ聖獣の色の瞳を。

「あの魔物が真実フェンリルであるならば――それはすなわち、お前と対の聖獣なのだろう」

ぴくり、と丸まった背中が動いた。

真冬の夜空と同じ色をした髪が、その拍子にさらりと背中を流れた。

壁のほうを向いたまま、アクセリはゆっくりと瞬《まばた》きをする。

「……このままだと俺のなっがい昔話を聞かせることになるが、いいのか？」

「今さら何を言う。つまらない寝たふりに散々付き合わせておいて」

エルヴィンドが嘆息交じりに答えると、アクセリは体勢は変えずに声だけをやや激昂《げきこう》させた。

「だって俺、あいつは死んだと思ってたんだ。それが二百年振りに姿を見せたと思ったら、あんな……」

今朝の痛ましい様子を思い出しているのだろう、その声に悲痛な色が滲《にじ》む。

魔物は朽ちかけた身体をしているが、その見た目は腐りかけの動物の死体とは違う。

それはやはり腐朽した廃墟《はいきょ》を覆う瀕死《ひんし》の木々や石などに近いのだ。身体が動かなくなるときを静かに待っているような、緩やかな死。

「……長い歴史の中で、魔物となった聖獣もいないではなかった」

エルヴィンドはそう慰めめいた言葉を口にはしたものの、そういった例は聖獣の分母に比べて圧倒的に少ないことも思い出していた。

理由は、人の姿で一生を終える聖獣のほうが圧倒的に多数派だからだ。

聖獣は人の姿と獣の姿を併せ持つ。どちらも自分自身であるという自負はあるものの、どちらにより強いアイデンティティを持つかは個体によって異なる。エルヴィンドのように必要な時にだけ獣の姿を取る者もいれば、一生獣の姿にはならない者、あるいは昼は人で夜は獣の姿という者、あるいはその逆、とにかく様々だ。

しかし、一生のうちにほとんど人の姿になることなく、多くの時間を獣の姿で過ごす聖獣というのは、実は少ない。

そして魔物とは、死に瀕《ひん》した獣が変異を起こしたなれの果てだ。

獣の姿のほうにより強いアイデンティティを持つ聖獣もまた、それに該当してしまうというわけである。

「……フレイヤは、ほとんど狼の姿で生きてたんだ。千何百年もずっと」

アクセリがぽつりぽつりと語り出す。

彼の昔語りが始まったことを悟り、エルヴィンドは腕を組み、背後の書棚へ背中を預ける。

「あのまま、狼のまんまで生きてたら、あんなことにはならなかったのに……」

悔いるような言葉だが、その声にはしかし、どこか遠くの出来事を眺めるような諦観《ていかん》が漂っていた。

＊＊＊

極北の街ヘイエルダールの市街地に暮らす人々にとって、イプセンというのは特に話題に上ることもない程度の、取るに足らない数ある小さな田舎町のひとつだ。

そこで暮らす年寄りにとっては、一生町の外に出ることもない、当たり前に人生とともにある土地であり、大きな町に出た若者にとっては、愛《いと》しさと懐かしさと、ほんの少しの劣等感を覚える故郷。他の数多《あまた》の田舎町と同様に、イプセンもまたそんなような場所だった。

雄大な山と谷に囲まれた極北の町。

そんなイプセンにある日、町の外から一人の青年が越してきた。

言うまでもなく、これは大いに珍しい。外から嫁入りするために若い女性が越してくることはあっても、働き盛りの若い男性が見るべきところなど何もない田舎町に越してくることなど稀《まれ》だからだ。

ただでさえ若い男というだけで注目の的だというのに、その青年は、姿を見た者が口をあんぐり開けて立ち止まるほど見目が美しかった。

北の夜空を彷彿《ほうふつ》とさせる暗い色の髪は、短髪ではあるけれども、本当に短く刈り揃えることの多い田舎町においてはかなり長めで、その上毛先が脱色したように水色に透けている。身長もすらりと高く、身のこなしはどこか気怠《けだる》そうであるのに、同時に洗練されてもいる。

ヘイエルダールの市街地どころか、アーレンバリ市のど真ん中から来たに違いない、と住民の誰もが考えた。それほどまでに、誰の目から見ても只者《ただもの》ではなさそうだったのだ。

青年は、体高が人の背丈ほどもある大きな犬を飼っていた。アーレンバリ国内ではとてもメジャーな、狼に似た犬種のようだった。この犬種は見た目は凜々《りり》しいが人懐っこく、ヘイエルダールでは犬ぞりを牽《ひ》くこともある。確かに大きく育つ犬種だが、青年が連れているその飼い犬は普通の成犬よりも三回りも四回りも大きかった。毛の色は黒っぽく、やはり極北の夜空の色に似ていた。特徴的なのは、その長い尾の毛だけが金色であることだった。

町の住民たちのすべてが固唾《かたず》を呑《の》んでその動向を見守る中、青年は町外れのそのまた外れの、道の整備がされていないどころか大きな岩がごろごろしているような場所に家を建て始めた。イプセンの北の端には山の裾野《すその》が深く切れ込んだ谷があり、住民は危険だからとそこへ近づくことなど一生のうちに一度もないと言ってもいいのだが、青年が家を建てたのはまさにその谷へと続く荒地だったのだ。谷から目と鼻の先というほどではないにしろ、大工たちはかなり戸惑った。「世捨て人の爺《じい》さんならまだしも、あんな綺麗《きれい》な面した兄ちゃんがなぁ……何かよっぽど事情でもあんだろうな」とは、当時大工たちを取りまとめていた親方の言だ。

だが実のところ、この親方の推測は半分だけ正しかった。それも後半ではなく、前半の『世捨て人の爺さん』のほうだ。

青年は実は、人間から見れば爺さんを通り越して人の一生を何度も何度も繰り返したほどの年齢だった。

そしてイプセンの外れに越してきたことに関しては、よっぽどの事情など存在しなかったのである。

聖獣は長い時を生きる妖精《ようせい》たちの長《おさ》のようなものだ。

その長い時の過ごし方は、聖獣によって様々である。一箇所に長く定住する者もいれば、拠点を一つ所に定めず、百年ごとや二百年ごとに棲処《すみか》を変える者もいる。後者の中には、もっと高い頻度で、旅人のように各地を転々とする者も存在する。

氷の聖獣フェンリル・アクセリは、まさにその旅人のような聖獣だった。といっても、それは彼が積極的に望んでそうしていたというわけでもない。学者気質であった彼は、落ち着いて書物を溜《た》め込み研究に没頭できる安住の地を求めて彷徨《さまよ》い、イプセンに流れ着いたのだ。

　学問や研究は彼にとって最高の暇潰《ひまつぶ》しであり娯楽だった。そして多くの善なる聖獣にとって、人間とは愛し慈しみ庇護《ひご》すべき存在だ。アクセリは人間と積極的に関わるタイプではなかったが、それでも聖獣としてのその特性は備えていた。だからアクセリはこの地で、自分の趣味兼特技を活《い》かし、医者として診療所を開くことにしたのだった。

「前の町で開業医の資格取っといてよかったよ。暇潰しでやったことも案外後々役立つもんだな」

　イプセンの町からは離れているにも拘《かか》わらず、診療所はオープンと同時に大盛況となり、日々患者で賑《にぎ》わっていた。他所者《よそもの》は基本的に警戒する田舎町の住民たちをもってしても、好奇心がそれを遥《はる》かに上回ったらしい。勿論《もちろん》、怪我人や病人が毎日そう大挙して発生するわけではない。来院する者の多くは町の寄り合い所のような感覚で、新鮮な話し相手を求めてやってくるのだ。

　診療時間を終え、先ほどまでとは打って変わってがらんとした診察室の中で机に向かいながら、アクセリは続ける。

「にしても人間の言うことってのはどこの町でも変わらないな。うちの娘の婿にどうだだの、うちの孫の婿にどうだだの。俺ならどこの馬の骨かもわからない俺みたいな奴なんてごめんだけど……」

　アクセリはそこで一旦《いったん》言葉を切り、後ろを振り返った。

「フレイヤもそう思うだろ？」

視線の先では、尾だけが金色の大きな黒っぽい犬――否、狼が、絨毯《じゆうたん》敷きの床の上に敷いたラグの、さらにその上のブランケットの上でゆったりと横になっている。

フレイヤと呼ばれた狼は、どうでもよさそうに前足の上に顎《あご》を載せた。フレイヤは普段は人前には姿を現わさない。それればかりか二階の居住スペースに引っ込んだまま、一階の診療所には近寄りもしないのだ。

このフレイヤ――アクセリにとっては対となる氷の聖獣フェンリルは、聖獣の中でも珍しい、人の姿でほとんど過ごしたことのないタイプだった。かと言って他の獣の姿で一生を過ごす聖獣たちのように、人里を離れて大自然の中で暮らすということもしない。己の対であるアクセリの傍からは離れようとしない。

理由はアクセリにもわかっている。

フレイヤは、聖獣としては精神的にとても未熟なのだ。

というより、俗っぽい言い方をしてしまえば単純に向き不向きの問題だ、とアクセリは常々思っている。つまり彼女は聖獣というものに絶望的に向いていないのである。

聖獣とは掟《おきて》や理《ことわり》、使命に縛られている。それは他の生き物――人間を含む――が聖獣よりも遥かに駆動時間の短い、弱い肉体に縛られているのに似ている。聖獣だけが殊更に厳しい一生を強《し》いられているわけではないのだ。長い時間を生きる聖獣の苦しみが人間には真には理解できないように、短命である人間の苦しみは聖獣にはわからない。この世のすべての生きとし生けるものは、自分以外のいかなる生き物の苦しみも真には理解できないのだ。無論のことそれは苦しみに限ったことではなく、喜びもまた同様にだ。それは聖獣も当然、例外ではない。

だがフレイヤには、そのことが終《つい》ぞ理解できなかった。

フレイヤはいつも、望みもしないのに聖獣に生まれてしまった己の境遇を嘆いていた。星の巡りから否応《いやおう》なく使命を課されることを憂いていた。だから人としてではなく、といって獣にもなり切れずに、長い時間をただ無為に消費していくだけであるように過ごしていたのだ。

『人間の命を救うことが、あなたに課せられた使命とやらだからってだけでしょ』

フレイヤは獣の言葉でつまらなそうにそう言った。通常、聖獣の言葉は、獣の姿であれば人の姿をしている相手には理解できない。聖獣同士であってもだ。狼の姿をしたフレイヤの言葉をアクセリが理解できるのは、互いに対の聖獣——自分の半身、あるいはもう一人の自分とも呼べる存在だからである。

ともあれアクセリは肩を竦《すく》めた。

「趣味と実益が兼ねられてるから、俺は満足なんだけど」

『だったらあなただけ好きにすればいい。あたしに構わないでよ』

「そうはいかないだろう。いつまでも使命から逃げていたらいつかは理の外に追い出されてしまう。それが具体的にどうなることを意味するのかはわからないけど」

それは聖獣の頭の中には生まれた時から刻み込まれている、一種の決まりごとのようなものだ。星の巡りから使命を受けるという掟と同じように。

「使命なんてそう難しいもんじゃないよ。地の血脈、つまり地下水に星の巡りを映してそれを俺たち聖獣の言語で読み取るだけだ。っていうかお前にだって俺と同じ使命が課せられてるだろ、今のところ」

フレイヤは聞こえていないかのように何も答えない。アクセリは小さく嘆息した。

「とりあえず、人間と関わることから始めてみれば？　せっかくだし新天地に来たと思って」

というより、とフレイヤを半眼で睨《ね》め付ける。

「ここ、前に住んでた町より物流が不便だから、お前がその姿でいると食糧庫があっという間に空っぽになるんだよ。俺を飢え死にさせないためにも、せめて人間の姿でいてくれ」

『好きでこんな辺鄙《へんぴ》なところに来たんじゃないわ』

「好きで来たんだろ。山で狼みたいに暮らすのが嫌で俺についてきたんだから」

狼はうんざりしたように首を振った。そして唸《うな》り声を上げて立ち上がる。

『……わかったわよ』

言って、狼はラグの外に一歩を踏み出した。その足先は絨毯に触れる瞬間、若い女の裸足《はだし》に変わる。

ほっそりとした肢体を覆うほどの長い髪は、金色に緩く波打っている。その毛先にかけて暗い夜空の色へと変わっていく様は、黎明《れいめい》の空模様のようだ。聖獣が獣の姿になったときの体毛の色は、基本的には人の姿のときの髪の色とほぼ同じだが、フレイヤのように色の割合が逆になることもある。

フレイヤが扉のほうへ向かおうとアクセリの傍を通り過ぎようとするので、アクセリは視線を手もとのカルテに落としたまま、彼女に告げた。

「念のため言っておくが、人間社会に出るときには衣服ってのが必要だぞ」

フレイヤは黙ったまま裸の腕を伸ばし、ぺしん、とアクセリの頭を軽く叩《はた》いた。

診療所に突然やってきた美女の噂は、あっという間にイプセン中を駆け巡った。

フレイヤはアクセリの妹というていで暮らし始めた。診療所には毎日フレイヤを一目見ようという若い男たちが隣町からも詰めかけた。

一方、大きな狼をこそこそと室内飼いせずともよくなったアクセリは、この機会に余った部屋で人間の住み込みの助手を数人雇った。患者という名の訪問客の相手をさせるためと、同じ学問の道を征《ゆ》く者として勉強と経験の場を提供するためだ。医者志望の若い学生と、子育てのために一度は退いたが子どもの独立とともに再び医療の場に戻ることを希望していた元看護師、そしていずれはヘイエルダール市街地やアーレンバリ市の大きな病院で働くことを夢見る看護師見習いに薬剤師見習い。患者らの多くは野次馬だったが、実際に診察してみると隠れた病や怪我を抱えていたというケースも少なくはなかったため、診療所の機能はきちんと発揮されていたし、病気を早期発見して治してくれる町の名医として、アクセリはイプセンになくてはならない存在になっていった。

アクセリとフレイヤが自分たちの正体を隠していたことに、さしたる理由はない。別段自分から言う機会もなかったし、アクセリにもフレイヤにも――特にフレイヤには――聖獣として何らかの特別な行動をこの町でしようというつもりもなかった。

アクセリの使命である人の命を助けるというのは幸い、人間の医者として暮らすだけでも不自然なく日々遂行できていた。アクセリの強みは氷や水を操る力に特化していることであり、その力は薬作りと特に相性がよかった。薬の材料となる薬草を新鮮なままいつまででも大量に氷漬けにすることができたし、へどろに塗《まみ》れた水であっても薬作りに適した清潔な水にいくらでも変換することができた。だから聖獣をわざわざ自称することもないと思っていたし、もうひとつの趣味である文筆業のほうも、人間としての立ち位置にいたほうが何かと便利だったのだ。当初は筆名のつもりだったアウグスト・ヴェステルホルムという人間名が、アクセリにとっては医者としての通称にもなった。

しかしフレイヤのほうは、長年距離を置いてきた人間というものに馴染《なじ》むことがどうしてもできずにいた。基本的には一日の大半を二階の居住スペースで過ごし、住み込みの助手とすれ違っても挨拶《あいさつ》ひとつ返さない。それは診療所の患者に対しても同様だった。言葉も交わさず笑顔も見せず、ただ冷たい表情でそこにいる。そのためフレイヤはイプセンの人々からは、奇《く》しくも彼女の聖獣としての属性をぴたりと言い当てた『氷の美女』などと呼ばれていた。

そんなある春の日、町の中心を流れる小川に小さな子どもが落下するという事故があった。

その小川は冬場は底まで完全に凍りつくため、住民は誰も警戒することなく踏んで渡る。春が来ると親たちは子どもたちに、氷が溶けて危ないから小川には入らないようにと教育する。その日小川に落ちたのは、親からその教育を受けた少年の幼い弟だった。

「お兄ちゃんがちゃんと見ていてあげるのよ」という母親からの言いつけを少年は忠実に守っていたが、ほんの一瞬目を離した隙に、弟は小川の氷のひび割れを踏み、その下の冷たい水に落ちてしまったのだ。

その子どもを助けたのは、その日の朝にイプセンに戻ってきたばかりだという青年だった。彼は冬の間へイエルダールの市街地に出稼ぎに行っていたが、二つ下の弟と両親の暮らす家へと半年振りに帰る最中に、川辺で泣き喚《わめ》く少年と溺《おぼ》れる幼児を目撃したのだ。

青年は自らも氷の破片で傷だらけになりながら、小川に入って幼児を助けた。イプセンには病院がないから隣町まで行かなければと思っていたところに、少年からちょっと前に町外れにヴェステルホルムという医者の診療所ができたと聞かされた。体温が下がり危険な状態の幼児を必死に温め、励ましながら、青年はアクセリの診療所へと駆け込んだ。

そうしてそこで――フレイヤと青年は、運命の出会いを果たす。

その日フレイヤは、本当にただ偶然、診療所の入り口にいた。閉じこもっているのに嫌気が差して、ただ外が暖かそうに思えたから散歩に出ようとしていたところだったのだ。

だからその日、傷だらけで冷え切った幼児を抱き締めた血まみれの青年を診療所の入り口で出迎えたのは、他のどの住み込みの職員たちでもなくフレイヤだったのである。

青年は他のどんな男たちとも違い、フレイヤの容姿に色めき立つことなく、必死の形相でただ子どもを助けてくれとフレイヤに訴えた。自らも傷だらけの血まみれであるにも拘《かか》わらずだ。

傍にはその子どもの兄だという少年がいて、両親にこのことを知らせてくると蜻蛉《とんぼ》返りに走り去っていった。それでフレイヤは、その青年が赤の他人の子どもを助けたのだと知った。

子どもはすぐに処置室に運び込まれた。アクセリと経験豊富な元看護師が処置にあたり、他の患者は医者見習いと看護師たちが診ることになった。看護師の一人が青年を見て仰天し、すぐに処置をと告げたのだが、青年は「待っていた患者さんたちを先に診てあげてください」と笑うだけだった。

フレイヤは、厳しい冬を耐え凌《しの》いだ果てに春の陽だまりをようやく見つけたかのように、青年のその笑顔に惹《ひ》かれた。

そうして本当に引き寄せられるようにして、彼に歩み寄った。

青年はフレイヤを見上げ、そこでようやく彼女が人並み外れた美貌《びぼう》の持ち主であることに気づいて驚いたようだった。それでも反応は少し目を見開いただけで、その表情はすぐに温かい微笑みに戻る。

「君が手当てをしてくれるのかい？」

フレイヤは考えるより先に引っ摑《つか》んで持ってきていた薬箱を、今さらながら慌てて後ろ手に隠した。

「そんな血みどろでいられちゃ迷惑だもの。みんなが怖がるでしょう」

「あ……、確かに」

青年は素直に、待合室にいる数人の患者たちにぺこりと頭を下げた。事の顚末《てんまつ》を見ていた患者たちは勿論《もちろん》、慌てた様子で「そんなそんな」と手や首を振っている。

フレイヤは思わず笑った。心が温かくて笑いが込み上げるなんて、初めての経験だった。

長椅子に腰掛けている青年の足もとに跪《ひざまず》き、薬箱を開く。当然、フレイヤには使い方がわからない。

「……ちゃんと習っておくんだったわ」

憮然《ぶぜん》とした呟《つぶや》きに、青年も笑う。

「ある国では、医療従事者の女性を天使と呼ぶそうだよ。君は見習い天使なんだね」

――その日をきっかけに、フレイヤはその青年と二人、温かい愛を育むことになった。フレイヤにとって青年は、雪に閉ざされた旅路の果てにようやく見つけた陽だまりそのものだった。片や冬は大きな町へ出稼ぎに、夏は家業であるチーズ屋を手伝っていた青年も、どこか「人生このままでいいのだろうか」と漠然とした焦燥感を覚えていた矢先に出会ったフレイヤという一輪の花に、この地で生きる大きな理由を見出《みいだ》した。

青年は父親の悲願であった通りにチーズ屋を継ぎ、両親と弟が暮らす実家の隣に小さな離れを建て、そしてフレイヤに結婚を申し込んだ。二人の出会いから二年後、まだ肌寒い春の日のことだった。

フレイヤは金色の目に涙を浮かべ、彼の求婚を受け入れた。

自分の正体が聖獣だということは隠したままで。ただの平凡な町娘として。

フレイヤは診療所を出て、そしてイプセンの西の端にあるチーズ屋の主人のもとへと嫁いでいった。

アクセリはそんなフレイヤを、感慨深い気持ちで見送った。あの人間嫌いのフレイヤが、あんなに穏やかな笑顔になる日が来るなんて。フレイヤは自覚していないだろうが、人間と寄り添って生きることは、きっとこの先彼女が使命を果たせる確かな第一歩になるだろう。

こうしてフレイヤという一人の女性の晴れやかな人生が、ようやく始まったかのように思えた。

――しかし、幸せは長くは続かないというのが、この手の物語の定石だ。

世界の理《ことわり》の内側にいるフレイヤもまた、物語の常という理からは逃れられなかったとも言えよう。


この世に存在するほとんどの嫌な報《しら》せがそうであるように、その報せはある日突然、アクセリのもとへ飛び込んできた。

「――北の谷底に毒ガス？」

報せを持ってきた若い医者見習いは、手紙を握ったままやや途方に暮れたような顔で頷《うなず》いた。

その手紙は、ヘイエルダール市庁舎からの通達だった。先日、市内全域の人の手が入っていない山岳地帯などを定期的に調査している調査隊の隊員が死亡する事故があり、その現場がイプセンの北の外れ――つまりアクセリの診療所がある辺り――よりもさらに北に行った場所にある谷底だというのだ。恐らくは先頃あった地震が原因で谷の辺りの地面が少しずれたために、地中から有毒なガスか何かが噴出し谷底に溜《た》まったのだろう、というのが市の見解だった。

谷周辺はもともと柵《さく》もなく危険なので、イプセンに暮らす町民の中に近づく者はない。第一、診療所からも更に離れたところにあるのだ。通達には『絶対に現場付近には近づかないように』と書かれていたが、元より近づきたがる奴なんていないだろうとアクセリは思っていたし、彼は知る由もなかったがそれが町民の概《おおむ》ねの総意でもあった。

だからその事件は、本当にただただいくつもの不幸が重なってしまったために起こった出来事だったのだ。

――その日たまたま、隣町の刑務所から一人の罪人が逃走した。その男は家庭環境が悪く、子どもの頃から盗みを繰り返し、ついに人間を何人も盗んだ咎《とが》で牢屋《ろうや》にぶち込まれていた。女子どもを何人も誘拐しては身代金を強請《ゆす》ったのだ。

男はたまたまイプセンの方角に逃げ、たまたま真っ先に目に留まった民家に入り、庭で一人で遊んでいた幼児を誘拐した。国外への逃走資金を身代金で稼ごうという算段だった。その民家の隣には何かの食料品を売る店があるのを男は横目で確認していた。

その食料品店の店主が、隣家の子どもが攫《さら》われようとするのを偶然、窓から目撃していた。店主は朝から忙しく働いていたため、市庁舎から全戸に向けて配布された通達にはまだ目を通していなかった。

店主は、一体どうしたのかと訝《いぶか》しむ妻に「隣の家の子が誘拐された」と叫び、店を飛び出し男を追いかけた。男の足はとても速く、店主はなかなか追いつくことができなかった。男は北へ向かっているようだった。明らかによそ者のその男には恐らく土地勘がなく、その先が切り立った崖《がけ》であることを知らないふうだった。

果たして男は走る勢いを殺すことができず、為《な》す術《すべ》なく谷底へ転落していった。

店主が谷底のほうを覗《のぞ》き込むと、遙《はる》か下のほうで男は頭から血を流して即死していた。幼児のほうは幸いにも、男の死体がクッションになったようで生きていた。落下にびっくりしたのか大声で泣いている。

店主は付近を歩き回り、谷底へ降りられそうな場所を見つけると、注意深く幼児のもとへと向かった。なぜか谷底へと続く頑丈なロープがぶら下がっていたのだ。それが市の調査隊のものであることを店主は知らなかった。店主は幼児を抱き上げ、ロープを伝って地上へと帰還したのである。

――今まさに北の谷でそんなことが起きているとはつゆ知らず、アクセリは、万が一にも谷底に近づく町民がいないようにと頭の隅で願っていた。

アクセリは技術としての薬作りは得意だが、どんな怪我や病もたちどころに治す魔法のような治癒の力などは持ち合わせていない。市が可能性として提示してきた毒ガスに対抗できる薬の材料は、確かにあるにはある。貯蔵庫の中で氷漬けになっている。それを使えば症状を緩和し快癒に向かわせることは可能だ。――ただし、一人分だけ。

それは、謂《い》わば標本だった。その植物に限らず、アクセリは医者としてではなく学者として、今後の研究に活用するためにほとんどの植物をごく少量だけ採取し、保存している。実際に使用することを目的とした保存ではないため、辛《かろ》うじて一人分という量しかないのだ。

アクセリはただ、その薬が必要にならないことを祈った。

奇《く》しくも、当たってほしくないと思う予感ほど当たってしまうものである。

その夜、アクセリのもとへ二人の患者が運ばれてきた。

看護師による、チーズ屋の、という言葉で、アクセリは姿を見ずとも患者が誰であるのかを理解した。

患者が運び込まれた処置室にアクセリが駆け込むと、そこには今にも倒れそうに真っ青な顔でがたがたと震えるフレイヤが、看護師に抱き抱えられるような格好で辛うじて立っていた。

彼女の目線の先には二台のベッドがある。彼女の夫と、そして見知らぬ幼児がそれぞれ横たわって、苦悶《くもん》の呻《うめ》き声を上げている。

アクセリは二人を一目見るなり、フレイヤの夫がもう助かる見込みがないことを悟った。

それは医者としての経験でそうだったというよりは、聖獣であるからこその勘だった。

だからこそアクセリは残酷な事実にも気付かざるを得なかった。

――フレイヤも、自分の夫がもう手の施しようのない状態であることを、直感的に理解しているだろう、と。

フレイヤを宥《なだ》めている看護師が、手早く処置の準備を始めるアクセリに告げた。

「谷底に落ちた隣の家の子を助けようとして、毒ガスを吸ってしまったようなんです。谷の付近で発見されたとき、彼は上着もシャツも脱いで子どもの口もとにあてた状態で意識を失っていたそうなので、恐らくは谷を登ってくる途中で毒ガスに気付いたのではないか、と救助隊の方が……」

「この子の親は？」

「ご両親とも、今は待合室に。お子さんが誘拐されて、犯人が逃走中に谷底に落ちたせいでこんなことになってしまったそうなんです。それですっかり憔悴《しょうすい》してしまって……」

「……なんてこった」

アクセリは苦々しさを散らすように前髪を搔《か》き上げ、首を横に振った。そして薬を手に取る。

一人分の特効薬。

これを打てば、どちらか一人は確実に助かる。

そして――それと同時にもう片方の死が確定する。

この毒ガスに対抗できる薬はとても稀少《きしょう》なのだ。だからこそ市の調査隊員も助からなかった。今から死に物狂いで材料を探しても、探している間にもう一人も力尽きるだろう。

「……フレイヤ。俺は医者だ」

アクセリは努めて淡々と聞こえるよう、低く告げた。

しかしその声が震えてしまっていたことに、この場にいる全員が気づいただろう。

「だから俺は、医者としての選択をしなけりゃならない」

この場にいる人間は誰も悪くない事態だ。唯一の悪人は既に死んでいる。

アクセリは自分の目に滲《にじ》もうとするものを抑えるように、大きく深呼吸した後、続けた。

「助かる可能性のより高い患者を、俺は助けるよ。フレイヤ」

フレイヤの金色の目が見開かれる。

ぼたぼたと、身体中の水分が出てしまうのではないかと思うほどの大粒の涙が零《こぼ》れ落ちる。

「……お願いよ、アクセリ。その人を、助けて」

懇願する声はしかし、絶望に満ちていた。

もはやその願いが誰にも届かないことを理解しているかのように。

「お願い。その人は、あたしの命そのものなの」

「……ごめん、フレイヤ」

「嫌……嫌よ！　お願いアクセリ、あたしの命を使っていいから」

「誰かの命を別の誰かに移すなんて、そんな都合のいい魔法みたいなことは、俺たちにはできないんだよ」

アクセリは注射器に薬品を入れた。そして幼児の手を取ろうとしたとき、フレイヤがよろよろと近づいてきてアクセリの腕に取り縋《すが》ってくる。

「見捨てないで……じゃあ、二人とも助けてよ」

「わかるだろう、それはできないんだ。薬は辛うじて一人分って程度の量しかない」

「嫌ぁ！　彼を助けてぇ！」

「フレイヤ、君の夫はこの子を助けようとしたんだぞ！」

「フレイヤさん、どうか落ち着いて……！」

見かねた看護師がフレイヤを取り押さえようとする。しかしフレイヤが暴れるので、傍にいた別の看護師や医者見習いまでもが彼女を必死に取り押さえようと加勢する。

自分の半身のその姿に——あろうことか、アクセリは一瞬、迷ってしまった。

この薬をどちらの患者に注射すべきかを。

どちらに投与すべきかなんて、今や誰の目にも明らかなのに。

その一瞬の心の迷いを見抜いたかのような声が、すぐ間近から聞こえた。

「……その子を、助けてください、先生」

アクセリが目を上げる。その拍子に金色の目から涙が零れ落ちる。

俄《にわか》に鮮明になった視界に、死の淵《ふち》を漂う青年の、心から強くこちらに希《こいねが》う眼差《まなざ》しが飛び込んできた。

アクセリは頷《うなず》いた。そして青年に見せるように、未《いま》だ意識が朦朧《もうろう》としたままの幼児の腕を取ってみせる。

「わかった。この薬はこの子に打つ。君が命を懸けて助けた、この子どもに」

その言葉に、青年は満足そうに微笑んだ。

フレイヤの泣き叫ぶ声、それを必死で抑えようとする職員たちの声が飛び交う中で、それはやはり場違いなほどに、陽だまりのように温かい微笑みだった。

——そうして、フレイヤの夫である青年は静かに息を引き取った。

尊い犠牲と懸命な処置の甲斐《かい》あって、幼児の命は助かった。

再び目を開き、事態がよく呑《の》み込めないあどけない顔をしている幼児を、その両親は泣いて抱き締め、床に這《は》いつくばる勢いでアクセリと、そして心優しいチーズ屋の店主に何度も何度も頭を下げ、礼を言った。

それを見届けたかのように、フレイヤはその瞬間から、アクセリがいくら名を呼んでも目の焦点が合わなくなってしまった。錯乱しているというよりは、魂が抜けてしまったかのようだった。

そうして周囲の人々の制止を振り切り、己の対の聖獣の制止をも振り切って、北へまっすぐに駆け——深い谷底へと身を投げた。

愛した夫の後を追うように。

一人ぼっちの雪の中で、ようやく見つけた陽だまりに飛び込むように。

＊＊＊

御者はそうして、一人の女性の物語を静かに締め括《くく》った。

話に聞き入っていたリディアは、ただ涙を流すことしかできなかった。

目の前に佇《たたず》む狼の氷像。あまりに悲しい結末だ。せめて愛する人と同じ場所に行けたのならまだよかったのかもしれないのに、彼女は今――自我を失った異形の化け物となり、死の淵を彷徨《さまよ》っているのである。

アクセリはどんな気持ちでここにこの氷像を建てたのだろう。そしてどんな気持ちで今朝、変わり果てた姿の己の半身と対峙《たいじ》したのだろう。

「アクセリ様にとってあの出来事は、心に深い傷を残すものでした。あれ以来、積極的に人間に――その生死に関わることをおやめになったのです。命の選択をせねばならない場所から遠ざかろうとなさっているように、私の目には見えました」

――生きるも死ぬも自然の流れに従うべきだ、と語ったアクセリの声が脳裏に蘇《よみがえ》る。

あれはきっとアクセリなりの、自分のように他者の生死に関与して深く傷つくことのないようにという気遣いの言葉だったのだろう。あるいは、深く傷つく覚悟もないのに安易に関わるな、という戒めの言葉。

アクセリとフレイヤは対の聖獣として、そのようにして哀しみを共有するほどに、片方の死が片方の生きる気力を削いでしまうほどに、深いところで強く繋《つな》がっていたのだ。

この世に存在するあらゆる聖獣は、二体でひとつだから。

アクセリはもう一人のフレイヤで、そしてフレイヤは、もう一人のアクセリだから。

ふと――リディアは思う。

（では……エルヴィンド様は）

エルヴィンドの対の聖獣はユルドだ。ユルドはもう一人のエルヴィンドで、エルヴィンドはもう一人のユルド。

（もう一人のエルヴィンド様であるユルドの封印を強めたら……）

それはエルヴィンドが掲げる、生涯をかけて果たすべき大きな課題だ。聖獣の花嫁としてのリディアの使命もそれに付随する。課せられた使命の通りにエルヴィンドをユルドのもとへと導くことは、それすなわちエルヴィンドの身をユルドとの戦いに投じさせることに等しい。

（そのとき、エルヴィンド様はどうなってしまうの……？）

今までは、エルヴィンドがユルドをしっかりと封印し直すことで、すべてが丸く収まるのだと単純に考えていた。人心を惑わすユルドの火の粉や靄《もや》が消え失せ、人間社会は人間の手に戻る。エルヴィンドは人として人間社会に関わりながらも、同時に聖獣として人間に寄り添い、穏やかに平和に生きていく。そんなふうに思っていた。――けれど。

己の対となる聖獣を己の手で倒すなど、果たして本当に許されるのだろうか。

千五百年前の戦いでは、エルヴィンドとユルドはほとんど同じだけ傷を負ったという。痛み分けならばまだいいのかもしれない。だが、片方がもう一方に完全に打ち勝つ形ともなれば、千五百年前と同じようにはいかないのではないか。

心臓の奥から震えが湧き上がってくる気がする。俄《にわか》に生まれたこれは、間違いなく恐怖だ。

――何か良くない結末に向かうのではないかという、漠然とした本能的な恐怖。

フレイヤの氷像を見上げる。狼は何も言わない。リディアの問いかけに答えることはない。

ただ、その堂々たる佇まいにリディアは、惑わされるな、と叱咤《しった》されているような気がした。

(……そうですよね。今どうにもならないことに心を砕くよりも、今できることにだけ目を向け、力を注ぐほうがずっといい)

リディアは涙を拭《ぬぐ》い、居住まいを正した。そしてフレイヤの氷像に向かい、敬意を込めて一礼する。

そんなリディアを、御者は静かに見守っている。

リディアは彼にも一礼した。

「貴重なお話を聞かせてくださってありがとうございます。これでわたしもエルヴィンド様をいたずらに心配せず、戦いの行く末を見守ることができると思います」

「いいえ。かつてあの出来事を傍で見ていた者にできることといえば、このぐらいですから」

リディアが首を傾げると、御者は目も口もないつるりとした氷の顔で微笑んだように見えた。

「二百年前――あの痛ましい事故の報《しら》せが届く前、診療所の庭の日陰に溶け残っていた雪で、町の子どもたちが雪だるまを作ったんです。ちょうど診療所の窓を覗《のぞ》き込むような格好で。後にその雪だるまを材料に作られたのが私です」

その言葉に、リディアも思わず微笑んだ。

イプセンの町には今、当時のその子どもたちの子孫が穏やかに暮らしているのだろう。

アクセリが語った二百年前の出来事を、エルヴィンドは黙って聞いていた。

彼の主観で語られる内容はしかし、まるで他人事《ひとごと》のように客観的だった。それだけ彼がこの出来事を二百年の間に何度も反芻《はんすう》し、何度も俯瞰《ふかん》したということなのだろう。

「だから昨夜のあの襲撃は、俺への復讐《ふくしゅう》だろうと思うな。最愛の夫を見殺しにしたわけだから」

淡々とそう告げるアクセリに、それまで彼の語るに任せていたエルヴィンドはようやく口を挟んだ。

「それは違うだろう。魔物はもはやかつての自我は持たないのだから。先ほども言ったように、あれは恐らく聖獣の気配に引き寄せられているだけだ。今はここに聖獣はお前だけではなく私もいるのだからな。そういう意味では、襲撃の決め手となったのは私であると言えなくもない」

見殺し、という部分に関しては否定はしない。どんなに綺麗事《きれいごと》を並べても結果的にそうであったのは間違いないのだし、何よりアクセリ本人がそれを認められたがっているように思えたからだ。

案の定、アクセリは小さく嘆息した。

「わかってるよ。俺がそう思いたいってだけ。まったくファフニールって奴は情緒ってものに欠ける」

アクセリはそう言うが、エルヴィンドにはやや心外だった。同じ内容を人間の話として聞けば同情も憐《あわ》れみもするが、同じ聖獣の話となると抱く印象がやや乾いたものになるのは仕方のないことなのだ。これはエルヴィンドに限ったことではないと思う。

とにかく、とエルヴィンドは腕組みをする。

「お前の半身である彼女が魔物化した理由がこれではっきりしたな。——聖獣としての使命を放棄したからだろう」

アクセリは未《いま》だ丸まったまま、肩越しにちらりとエルヴィンドのほうを見た。

「……やっぱりそうだよな。っていうかそれしかないよな。自ら死を選ぼうとしたせいで、使命を遂行する気がないと見なされて、理《ことわり》の外に追い出されてしまった。要は罰が下ったってことになるのかな」

だが、とエルヴィンドは眉《まゆ》を寄せる。

「ユルドの病の影響をイプセンだけが受けなかった理由がやはりわからないな。お前には特別な治癒の力などは備わっていないのだろう？」

「うん。いわゆる一般的な聖獣の力の範囲は出ない。幸い氷方面に特化した力だから、その流れで水やら操るのも得意で、薬作りに役立ってるってだけ。……とすると、考えられる可能性はひとつだ。なあファフニール、こんな話を知ってるか」

アクセリは寝転がったまま、人差し指を立てた。

「かつてある地に現われた魔物は、嵐を起こす奴だった。建物もぶっ壊すような暴風雨だったのに、その魔物本体の周囲だけは嘘みたいに無風で晴れ渡っていた」

アクセリは人差し指を、渦を描くようにくるくると回す。

「南のほうの国で台風ってのがあるだろ？　あれの中心は目と言って、雨雲のないぽっかり空いた空洞だそうだ。俺はてっきり嵐を起こす魔物限定の現象だと思っていたが——」

「——どの魔物にも当てはまる可能性がある。つまり病を撒《ま》き散らす魔物も、その魔物そのものが台風の目になって、その周囲一帯だけは病が発生しない、ということか」

「恐らくは。イプセンだけがたまたま無事だった理由なんて、フレイヤが自死を図った谷が地図上はイプセンの中だったからってことしか思いつかないよ」

それはエルヴィンドにも非常に可能性の高い話に思えた。

と、アクセリはふと自分の言葉を口の中で反芻する。

「……ひょっとして、理の外に追い出されたのって、どっちかと言うと自死を図ったってのが掟《おきて》に触れたからなんだろうか」

「……さあ。どうだろうな」

聖獣が縛られる掟の大半は、生まれたときに頭の中に書き込まれる。しかしそうでない掟もある。いざ当事者になってみて初めて知る掟というものも存在するのだ。

死の間際、フレイヤの頭の中には、果たしてどんな掟が書き込まれたのだろう。

「対の聖獣であるお前になら彼女の言葉もわかるのだろう、フェンリル。今夜の襲撃の折にでも訊《き》いてみたらどうだ」

あえて何でもないことのように言ってみると、アクセリは笑った。

「俺にももうフレイヤの言葉は聞き取れなかったよ。あれはもう俺のフレイヤじゃなくて、純然たるただの魔物だってことだ」

言って、アクセリは起き上がる。横になっている間にぼさぼさになった長い髪を一旦《いったん》解《ほど》き、結い直す。

と、アクセリはふとエルヴィンドを見上げた。

「君も対の聖獣に対して思ったりするのか？　『私のユルド』って」

「……気味の悪いことを言うな」

エルヴィンドが眉を顰《ひそ》め、アクセリが声を上げて笑う。

――そのとき、覚えのある気配を遠くに感じて、二人は同時に顔を上げ、北側の窓のほうを見やった。

そこに何が迫ってきているのか、互いに確かめずとももう、わかっている。

そして互いが今、何を考えているのかも。

いかなる掟を今この瞬間、思い出しているのかも。

「私は聖獣に生まれながらに課せられた掟に対して何かを思ったことはない。この世界のすべての命あるものがやがては永久の眠りに就くように、掟に従うことはすなわち自然の流れに身を委ねることだからだ」

それは時間の流れに身を委ねることと同義だと言い換えてもいい。それほどまでに当たり前で、普遍的なこと。

「戦いが始まったらサポートを頼むぞ、フェンリル。掟により対のお前には彼女は倒せないだろう」

「……うん。そうだな」

アクセリは静かに頷《うなず》く。そしてエルヴィンドに金色の視線を向けた。

「とどめは君に頼む、ファフニール」

その双眸《そうぼう》は不自然なほど凪《な》いでいた。ただ落ち着いているというよりは――何らかの覚悟を決めた者であるかのような。

エルヴィンドは眉間《みけん》に力を込める。

「とどめに関しては承知した。だが戦いの中で死ぬことは許さない。お前が死ぬつもりなら、私はこの戦いへの協力自体を放棄するぞ」

責めるような色を滲《にじ》ませたその声に、アクセリは小さく笑った。

「ファフニールは変なとこ鋭いから嫌いだよ。闇のほうもそうだったなぁ」

「彼女が復讐を果たせるなら自分が死のう、とでも考えているのだろう。言ったはずだ、あの魔物はもう完全に自我を失っていると。朽ち果てるのを静かに待っていたはずのところへユルドが火を焚《た》きつけたせいで、肉体が暴走してしまっているだけだ。彼女の意思はもうどこにもないのだ」

魔物となってしまった今のフレイヤはほとんど、炎に焼かれている間に刻一刻と形を変えていく死骸《しがい》も同然なのだ。

エルヴィンドは一番大きな窓を開け、窓枠に足を掛けた。

早い日没に辺りはもう暗い。雪交じりの冷たい風に乗って、彼女の禍々《まがまが》しい気配がもうすぐ傍にまで迫ってきている。

「彼女の安らかな眠りを守ってやろう」

その言葉に、アクセリが目を見開いた。

「……守る……」

うわごとのように呟《つぶや》く。夜空の色をした髪が風を受けてなびく。

悪夢のような冷たい禍々しさの中に、その金色の瞳《ひとみ》は、一筋の光の道を見た。

「そうか……あのとき守れなかったフレイヤを、今なら、そうやって守れるのか」

エルヴィンドはアクセリに向かって、誘《いざな》うように手を差し出す。

アクセリは片眉を上げてその手をしばし見つめた後、叩《はた》き落とすようにして自分の手で弾《はじ》いた。そして邪魔だとばかりにエルヴィンドを窓辺から押しのけ、誰の手助けもなく自力で窓の外に飛び出す。感傷的なのは元来性に合わないのだろう。エルヴィンドは小さく苦笑し、その後を追う。

――北の谷からやってきた魔物との戦いは、そうして一夜のうちに決着がついた。

五ノ章◆あなたを照らす光

――ぴし、と硬い音を立てて傍らの氷像に突然ひびが入ったことに気づき、リディアははっと顔を上げた。

夜通し地上から響いていた戦いの音が止《や》んでいる。思わず問いかけるようにフレイヤの氷像を見上げると、ちょうど左胸のあたりが細くひび割れている。もちろんリディアは氷像には指一本触れていない。あの御者に頼み込んで、戦いが終わるまでの間、氷像の傍らで待たせてもらうことにしていたのだ。

身体はすっかり冷え切っている。この震えは単純な寒さからだ、恐れではなく。不思議なほど、今や戦いに対するリディアの恐怖心は消え去っていた。

昨夜こそいつかのユルドとの戦いでのエルヴィンドの様子を鮮明に思い出してしまって、叶《かな》うならばもう戦いへは赴かないでほしいとまで考えてしまったのだけれど。

戦いの間、なぜ自分がこの氷像の――彼女の傍にいることを選んだのかは、リディア自身にもうまく説明できない。エルヴィンドが彼女を倒す、そのことに対して許しを請おうとしたのか、それとも。

（……物言わぬ魔物になってしまったのだとしても、あなたは間違いなくフレイヤさんという一人の女性だった。そのことを、わたし自身がきちんと覚えておきたかったのかも）

御者は扉の前でずっとリディアを待っていてくれたようで、戦いが終わったことを報《しら》せるように顔を出した。そちらに頷いてみせ、リディアはフレイヤの氷像にもう一度一礼する。

と、そのとき、彼女の左胸のひび割れが、左足の先のほうまで延びていることに気付いた。それはまるで何かを示す道標《みちしるべ》であるかのようにも見えた。勿論《もちろん》、彼女の足もとには何もない。氷像の台座となる直方体の氷の塊があるだけだ。植物を凍らせている他の氷と違って、氷像にも台座にも何も埋め込まれてはいない。

気のせいかしら、と首を傾げつつ、リディアは御者の後について階上に向かった。

一夜の戦場となったアウグスト・ヴェステルホルム邸前の広い雪原に出た途端、リディアは思わず立ち止まった。

屋敷からさほども離れていない場所に、昨日の夕方までは確実になかったものが、まだ夜明けの来ない雪明かりの中で鎮座していたのだ。

それは小屋一軒ほどはあろうかという大きさの巨大な石、いや岩だった。

遠目にはその岩の塊は、巨大な犬が蹲《うずくま》っているように見えなくもなかった。しかし歩みを再開して近づくにつれ、それがただの朽ちかけた岩に過ぎないことがわかる。

岩の前にはエルヴィンドとアクセリが立っていた。エルヴィンドは雪を踏みしめて歩くリディアにすぐに気付いて駆け寄ってきた。アクセリはこちらを振り返ることなく、じっと岩の塊に向き合っている。

「エルヴィンド様、ご無事ですか」

傷ひとつないエルヴィンドの姿にほっとしながら、リディアも足早に彼に歩み寄る。信じて待っていたと言っても、実際に怪我をしていないところを自分の目で確認するとしないではまるで違うのだ。

エルヴィンドの腕の中に飛び込み、本当に怪我はないかとあちこち検《あらた》めるリディアに、エルヴィンドは小さく笑ってリディアの頬を撫《な》でた。

「私のほうは心配ない。魔物の討伐は慣れていると言っただろう」

その言葉に微笑みで返し、ふとリディアはアクセリの背中を見やる。

「アウグスト先生は……」

「奴は不覚にも擦り傷を負った。大した怪我ではないが」

「では、先生には後でお薬を」

「ああ。そうしてやってくれ」

今はそっとしておいたほうがいいだろう。自分の片割れの聖獣であった存在をエルヴィンドが討伐し、その身体がみるみる石化するのを、彼はその目に焼き付けたのだろうから。

リディアがエルヴィンドに目で合図すると、エルヴィンドは察してリディアの身体を離し、巨大な岩のほうへと促してくれた。

リディアは岩の前に跪《ひざまず》き、目を閉じて祈りを捧《ささ》げる。

二百年の時を経て今度こそ安らかな眠りに就いたのであろう、一頭の狼へ。

と——ふと、脳裏を半地下のあの氷像のひび割れが過《よ》ぎった。

顔を上げて立ち上がり、少し後退してみる。遠目に見ないと狼の形の全容が把握しづらいためだ。ただの岩ではなく狼の姿に見えてきた辺りで、その左前足の位置を確かめる。幸い、四肢の中でも左前足はわかりやすい形で残っている。

リディアはもう一度、今度はその左前足の辺りに近づいた。そして再び屈《かが》み込み、その辺りの雪を掘り返し始める。

「リディア？　何をしている？」

「いえ、もしかしたらと思って……」

何の意味もない、単なる氷のひび割れの可能性もある。そうであっても勿論構わない。が、リディアにはどうしても意味のあることのように思えてならなかったのだ。何らかのメッセージを、フレイヤが発しているようで。

流石に不審に思ったのか、アクセリもリディアの行動を困惑したように見守っている。と、雪の下の土に爪の先が触れた。リディアはその土を露出させようと、雪を掃くようにして更に掘っていく。やがて土に生えていた植物が雪の中から現われ、アクセリがあっと声を上げた。

「それ……その植物」

アクセリはリディアの手もとを指さす。

リディアが掘り返した雪の下に生えていたのは、リディアの見たことのない植物だった。と言っても、実物は、という意味だが。

書物に書かれているのを、リディアは目にしている。

他でもないアウグスト・ヴェステルホルム氏の著書の中で。

「これ……アウグスト先生が二百年前に発見されたという、イフメという植物ですよね」

形はとてもスイセンに似ている。まっすぐに伸びた茎と葉。茎の先には管楽器のような形の副花冠と、それを彩る可愛らしい花びらと萼《がく》がついている。

しかしその色はスイセンとは全く違っていた。

夜空を彷彿《ほうふつ》とさせる濃紺の花びらと、透けるような水色の副花冠。――アクセリの髪の色のような。

「先生の著書の中に、とても貴重な花だと書かれていたのでよく覚えています。ヘイエルダールの一部地域にしか生息しないとか」

「うん。それがイプセンのことだよ。イプセン北部の、とある立ち入り禁止区域の谷の付近にしか生息しない」

その言葉に、リディアははっとする。

アクセリは小さく微笑んだ。

「……フレイヤが身投げして死んだ谷の近くにしか、ね」

そして、とアクセリはリディアの傍らに膝《ひざ》をつく。手を伸ばし、夜空の色をしたその花に触れる。

「これこそが他ならぬ君が求めていた植物だよ、リディア女史。加えればその薬の量産が可能になるという奇跡の植物。ただ生息場所が人間にとって危険なのと、あそこは俺もそうそう近寄りたい場所じゃなかったから、たまに気が向いては採取して、それを凍らせて貯蔵庫に溜《た》めてたんだ。成分はすぐに調べて確認できていたから、いつか何かの役に立つんじゃないかと思って」

その言葉は、人間と関わらないように、人間の生き死にに関与しないようにというアクセリの信念とは矛盾しているように思えた。

リディアがそう考えているのがわかったのだろう、アクセリは片眉《まゆ》を上げてみせる。

「その通り。俺は散々人間嫌いを装っておきながら、その実、いつか役に立てる機会を待ってたみたいだ。それも二百年前のあのとき間に合わなかった、薬の量産っていう方法で」

二百年前、フレイヤの死後に、まさにその死の場所から発見された、薬の量産が叶う花。

そして今、その花は彼女が指し示した通りに、彼女の足もとにある。

「……俺たちフェンリルには、人間の命を救えっていう使命があったんだ。その使命を放棄して人間として生きて死んだことを、きっと彼女は悔いたんだろうと思う。魔物になってしまってようやく」

エルヴィンドが巨大な岩の、左前足の辺りに触れる。触れたところからぱらぱらと砂《さ》塵《じん》が落ちてきて、本当に今にも朽ちて崩れてしまいそうだった。

「ならば、彼女は最後の最後に使命を果たすのだろう」

エルヴィンドが岩を見上げ、言う。

「その植物を使って量産された薬が、アーレンバリの子どもたちの命を救うのだから」

アクセリが金色の目を見開く。瞳《ひとみ》が一瞬潤み、彼はすぐにそれを搔《か》き消すように笑った。

「実は貯蔵庫にあるイフメだけじゃ、アーレンバリ中の孤児院に行き渡らせるには足りないところだったんだ。フレイヤがうちの近くに新しく生やしてくれて助かったよ。あの谷、人間どころか俺でもちょっと危なくてあんま近寄りたくなかったから。あ、理由は毒ガスじゃなくてね」

リディアはてっきり、谷に近づきたくないのは心因的な理由だと思っていたので、思わず目を瞬《しばた》かせる。まさか物理的な理由だったとは予想外だ。

アクセリは悪戯《いたずら》っぽく肩を竦《すく》めた。

「俺、高所恐怖症なんだよ」

リディアは目をぱちくりさせるしかなかった。

「そ……う、なんですか」

聖獣にも高所恐怖症があるとは初耳だった。というよりそんな発想がなかった。

「フェンリルというのは、空を駆ける狼というわけではないのですか？」

エルヴィンドが獅子《しし》の姿で空を駆けることができるから、てっきり聖獣とはそういうものだと思い込んでいたのだ。アクセリはあっさりと頷《うなず》く。

「空を一瞬飛ぶことはまあ、できるにはできる。滑空に近いって思ってくれれば概《おおむ》ね合ってる。だけど俺はあんまやらないかなぁ。別に地面だけ走ってても生きていけるし」

それはそうだろうが、何だかエルヴィンドとは聖獣としてのイメージがあまりにも違って、リディアはとりあえず頷くしかなかった。

エルヴィンドがリディアを助け起こしてくれながら、呆《あき》れた声音で言う。

「お前には聖獣の矜持《きょうじ》というものがないのか、フェンリル」

するとアクセリは立ち上がって膝を払いながら答えた。

「気取り屋のファフニールとは矜持の見せどころが違うんだよ」

そのやり取りに、リディアは思わずくすっと笑ってしまった。

「お二人とも、仲がいいんですね」

すると二対の金色の瞳が、実に不服そうな色を浮かべてリディアを同時に見てきた。

「なぜそう見える？」

「その勘違いだけはやめてくれ、リディア女史」

その反応もそっくりで、リディアには余計に息が合っているように思えたのだが、当の二人が不本意そうだったので、ひとまずそれは笑いと一緒に呑《の》み込んでおく。

さて、とアクセリが仕切り直すように伸びをした。

「これからのことは家に戻って一休みした後に改めて話そう。とにかく疲れたよ。一旦《いったん》ちょっと寝たい」

「では、戻ったらお休みの前に、怪我がすぐに治るお薬をお渡ししますね」

「ん。助かる」

そういえば、とリディアはふと思う。

「イフメという名前はアウグスト先生が付けたんですよね？」

「うん」

「どういう意味を持つ言葉なんでしょう？」

古語のような雰囲気を持つ言葉だというのはわかるのだが、はっきりとした意味までは彼の本には書かれておらず理解できなかったのだ。

するとアクセリはリディアのほうを見ないまま答えた。

「奇跡《ミラーケル》」

リディアは思わず後ろを振り返る。フレイヤだった岩と、イフメの花があるほうを。

「……って意味の、アーレンバリ北部の古い方言。ミラーケルじゃちょっと露骨すぎるかと思ったから、捻《ひね》った」

先を行くアクセリの背中を見ながら、リディアは思わず笑った。

隣を歩くエルヴィンドが、笑っている場合かと言いたげな眼差《まなざ》しでリディアを見下ろしてくる。

彼の言いたいことはわかる。イフメの花は確かにこれで十分な量が揃った。だがそれをリディアが受け取るために大きな条件を提示されているという状況は依然変わらないのだ。

「心配しないでください、エルヴィンド様」

「だが……」

言い募ろうとしたエルヴィンドに、リディアは微笑みかけてみせる。

「今度はわたしを信じてください。……ね？」

エスコートしてくれている彼の腕に、訴えるように寄り添ってみる。

すると彼は自分の額を押さえ、くしゃりと前髪を掻き回した。何かを言おうと口を開き、言葉にする前に呑み込む。どう見ても言いたいことがあるのに我慢している様子だったので、リディアは首を傾げる。

「どうかなさったのですか？」

「……いや。何でもない」

彼の深い溜息《ためいき》に首を傾げつつ、リディアは胸の奥で、ある一つの決意を固めていた。

＊＊＊

アクセリの屋敷に戻ったエルヴィンドは、まず夜通し半地下の貯蔵庫にいたというリディアを寝かしつけた。幸い、なかなかに気の利くあの氷の御者が彼女の世話をしてくれていたようで、氷を貯蔵している部屋に何時間もいたという割には身体はほとんど冷えてはいなかった。しかし人情としてはいつもよりも暖かくさせなければと思ってしまうものである。顔が半分埋もれるほどに毛布をかけてやり、それでも寒くないかと問うエルヴィンドに、リディアは「エルヴィンド様、ちょっとだけ暑いです」とくすくす笑った。

部屋の明かりを落とし、客室を出て階下へ向かう。アクセリの書斎に入ると、眠い眠いとさっきまで散々文句を垂れていた彼はエルヴィンドが思った通り、黙って机に向かっていた。何か書き物をするでもなく、机の上に肘《ひじ》を突いて両手を組み、その上に顎《あご》を載せてぼんやりと虚空を眺めている。

エルヴィンドの入室に気付くと、アクセリはその体勢のままちらりと視線だけをこちらに向けた。眼鏡に阻まれるとやはり、その金色はよく見えない。

アクセリが何も言わないので、エルヴィンドも何も言わず、机の傍の書棚に凭《もた》れて腕組みをした。ここに来て長い時間が経ったわけではないけれど、この物がひしめく狭い通路の中で身を置く場所を見つける方法はわかってきた気がする。とはいえ、心地好《よ》くここに長居するつもりもないが。

沈黙は続く。息を潜めるでもなく、動きを無理に止めるでもなく、ただ自然に、それが当たり前であるかのように。

先に音を上げたのはアクセリだった。彼は組んでいた両手を解《ほど》き、ぐしゃぐしゃと頭を掻いた。

「……わかってるよ。魔物討伐の報酬を払えってんだろう」

その言葉に、エルヴィンドは小さく溜息を吐く。

「お前に雇われた記憶はないのだが」

「……手間を掛けた詫《わ》び？」

アクセリは窺《うかが》うようにエルヴィンドを見る。エルヴィンドは首を横に振る。

アクセリは項垂《うなだ》れ、深く深く嘆息した。

「……俺たちを助けてくれた礼」

「受け取ろう」

エルヴィンドは凭れていた背を離し、アクセリの机に歩み寄る。アクセリは唇を尖《とが》らせながら椅子の背凭れに体重を預けた。

「ただし内容は俺が決めるぞ。俺が渡す礼だからな。……君の中で暴走している闇の炎を一時的に鎮めてやる」

　その言葉に、エルヴィンドは僅《わず》かに目を見開いた。

「そんなことが可能なのか？　リディアの花以外の方法で」

「聖獣の力が原因の炎なら、同じく聖獣の俺の氷の力で抑えられるはずだ。君の炎が花嫁に飛び火して痛い目に遭わせることもなくなるだろう」

　ただし、とアクセリは眼鏡の奥で目を眇《すが》めた。

「氷はやがて溶ける。効果は一時しのぎに過ぎない。問題の根本は自分で何とかしろよ」

「……わかっている。奴との決着がつくまでの間、効果がもつのならいい」

「決着をつける気ではいるんだな。承知した」

　アクセリは、ぎっ、と音を立ててさらに背凭れに体重を掛けると、反動をつけて立ち上がった。そして机の向こうからエルヴィンドに歩み寄ってくる。

「それじゃ、さっそくやるか。ちょっと痛いと思うが我慢しろよ」

　言ってアクセリが伸ばした手を、エルヴィンドはすかさず取った。

「待て、フェンリル」

「ん？　どうした、痛いのは嫌だと言われても俺にはどうすることもできないぞ。あー、医者だった頃この台詞《せりふ》百万回ぐらい言ったなぁ」

「……そうではない」

　軽口に溜息で返し、摑《つか》んだ手首に僅かに力を込める。

「リディアに持ちかけた取引はどうなった」

「……ああ、なるほど。さっきの取引紛《まが》いの本当の目的はそっちだったか。わかってるだろう、もちろん生きてる」

「彼女は物ではない。その身柄を取引の材料にするなどと――」

「おっと、聞くわけにはいかないな、いくら君が彼女の夫でも。だって彼女が物でないなら、彼女本人に意思を確認するべきだろう？」

エルヴィンドは思わず舌打ちした。

「……詭弁《きべん》を」

「何とでも」

アクセリは片眉《まゆ》を上げ、悪戯《いたずら》っぽく笑う。そしてこちらの手を振り払い、改めて力の発動のために腕を上げる。

エルヴィンドはこの部屋に入ってきてから何度目かの溜息をまた漏らし、来たる痛みに備えた。


明かりの落とされた客室の中でも、カーテンを開けていれば、月明かりを反射した雪原の光が入ってくるので真っ暗にはならない。その分窓辺には冷気が入ってきやすくなるが、窓から離して置かれているベッドは問題なく暖かいので、リディアは窓ひとつ分のカーテンを開け放していた。その幻想的な光が室内にもたらす明かりがとても好きだと思ったし、眠れない夜に考え事をするにはぴったりだったのだ。

エルヴィンドはリディアの身体を心配して寝かしつけてくれたけれども、リディアは最初から、きっと寝付けないだろうと思っていた。

これから自分がする決断は、長い人生の中では決して大したことではないのかもしれない。けれども今まで自分で自分の行く先を決めるという機会に恵まれなかったリディアには、身体の疲れも吹き飛んで眠れないほどに胸が昂揚《こうよう》することなのだ。

廊下を近づいてくる足音がある。足音はリディアがいる客室の前で止まる。

控え目なノックの音。リディアは思わず息を呑《の》み、起き上がった。はい、と返事をすると、扉が開かれる。

少し申し訳なさそうな顔をしたエルヴィンドが、そこには立っていた。

「すまない。眠っていたか」

「いいえ。眠れなくて、外の雪明かりを眺めていました」

リディアが枕をクッション代わりにして座り、ベッドの端を軽く叩《たた》いて示してみせると、エルヴィンドは頷《うなず》いてそこに腰掛けた。

「……取引の内容を、アクセリから聞いた」

少し躊躇《ためら》うように発されたその言葉に、リディアは僅かに背筋を正す。

「お前はどうしたい？」

金色の双眸《そうぼう》がまっすぐにリディアを射貫く。

リディアはその瞳《ひとみ》をまっすぐに見つめ返す。嘘偽りのない自分の思いを伝えるために。

「わたしは……」

一呼吸置き、毛布の下で鼓舞するように拳《こぶし》を握り締める。

「わたしは、ここに残ります。イフメを頂く対価として」

リディア自身も驚くほど、きっぱりとした言い方だった。それは恐らく、条件を突きつけられた当初からもう既に、リディアの心が決まっていたからだろう。

エルヴィンドは悲しげに眉根《まゆね》を寄せた。

「アクセリの助手としてここで暮らすということか。私とともにヒェリ・バーリで暮らすことは諦《あきら》めてしまったのか？」

「確かにわたしはしばらくアウグスト先生の助手としてイプセンで暮らすことになります。いつまでなのかもわかりません。イプセンからヒェリ・バーリまでは、そう気軽に行ったり来たりすることもできないでしょう」

でも、とリディアは微笑む。

「どんなに離れていても、エルヴィンド様ならきっと毎日、獅子《しし》の姿で空を翔《か》けて、わたしに会いに来てくださいますから」

エルヴィンドの金色の双眸が驚いたように見開かれる。

リディアは彼の手を取ることなく、それどころか頬や髪の先にすら触れることなく、ただ続けて言い放った。

「――そう、エルヴィンド様にお伝えください」

その瞬間――目の前のエルヴィンドの顔に、頭のほうから亀裂が入った。まるでガラスがひび割れるかのように。

次いで、ほんの少し開かれたままだった扉の外から、アクセリが感心したような表情で顔を覗《のぞ》かせてきた。

「驚いたな。一体いつ気付いたんだ？」

「やっぱりアウグスト先生の仕業だったのですね」

リディアは肩を竦《すく》めて笑い、エルヴィンドのほうをもう一度見る。さっきまでエルヴィンドだったものは、今やただの氷像に変わっていた。確かに本人と見紛うほど色も質感も精巧だったのに、とその力に素直に感嘆する。アクセリが腕を一振りすると、氷像は儚《はかな》い音を立てて空中に霧散した。

リディアはそのきらきらとした欠片《かけら》を思わず目で追いつつ答える。

「だって先生、ご自身のことをお名前でおっしゃったんですもの」

「うん？」

「本物のエルヴィンド様は、先生のことをああは呼ばないでしょう？」

アクセリは一瞬ぽかんとした後、ああ、と自分の手で目もとを覆った。

「しまった。油断した。君には負けたよ、リディア女史。君の機転に免じて、俺は君をここに縛りつけることなく、イフメを必要なだけ渡すと約束しよう」

「本当ですか？」

思わず立ち上がりかけたリディアを、アクセリは落ち着かせるように手で制した。

「君の覚悟のほどはよくわかったからな。あの台詞《せりふ》を聞いてなお君を縛るほど、俺は人でなしじゃないよ」

それに、とアクセリは片眉を上げる。

「ファフニールがうちに毎日毎日やってくるなんて、そっちのほうがごめんだ」

冗談めいた言葉だ。しかしアクセリの真意がリディアにはわかった。

感激のあまり胸もとで両手を握り締め、感謝を込めて、彼に頭を下げる。

「ありがとうございます、アウグスト先生」

「うん。そういうわけだから安心して眠るといい。それじゃ、また明日《あした》」

手をひらひらと振り、部屋から出て行くアクセリの背中に、リディアはもう一度頭を下げた。

アクセリはきっとあの戦いを経て、リディアに無条件にイフメを譲ってくれるつもりだったのだ。最後にリディアの覚悟のほどを試して行ったけれど、きっとそれもただリディアの気持ちを無下にしないためにというだけの、体裁を保つためだけのことだったのだろう。あんなにわかりやすいヒントまで、さあ気付けとばかりに出してくれて。

己の片割れを失ったばかりだというのに、突然やって来た人間に過ぎない自分に優しさを見せてくれたことそれ自体が、何だか胸に痛い。

イフメをリディアに託す形で孤児院の子どもたちを救うことは、畢竟《ひっきょう》、彼らフェンリルが使命を果たすことになる。だからリディアに手を貸してくれる、その流れは一見とても自然だ。

けれどきっと彼らの胸の奥には、かつて救えなかった命に対する罪の意識が依然存在しているのだろう。そしてきっとそれは永劫《えいごう》消えることはない。たとえこれがリディアの手を通して彼らの贖罪《しょくざい》になると訴えても。

――聖獣は、それぞれの形で人間を愛してくれている。

エルヴィンドも。あのユルドだって、その愛情の発露の方法が歪《ゆが》んでいるというだけで。

そしてフレイヤも――アクセリも。

きっとこれは使命以上に、贖罪以上に、アクセリなりに人間を愛しているということの、その揺るぎない証左なのだろう。

だからこそ、その温かい純粋な愛に触れて、胸が痛い。

何だか涙が溢《あふ》れてしまって、リディアは目もとを拭《ぬぐ》った。拭っても拭っても溢れてしまうので、諦めてしばらく泣くことにした。

窓の外を眺める。雪明かりは変わらず明るい。

だが、依然夜は長く、夜明けにはあとほんの僅《わず》か届かない。

と――ようやく泣き止んだ頃にふと、物音に気付いてリディアは起き上がった。

廊下を近づいてくる足音だ。さっきとほとんど同じ音。

何となく固唾《かたず》を呑んで待っていると、足音はやはりさっきと同じように扉の前で止まり、次いでノックされた。どうぞ、と促すと思った通り、そこにはエルヴィンドが立っている。さっきと違うのは、彼がこれからどこかへ外出するみたいに防寒着を着込んでいることだった。

知らず強《こわ》ばっていたリディアの顔から笑みが零《こぼ》れた。

「……今度は本物のエルヴィンド様です」

するとエルヴィンドは物言いたげな半眼になった。

「さっきフェンリルからすべて聞いた。まったくあいつは回りくどいことを……」

「難しい条件を出されて最初は戸惑いましたけど、やっぱり先生はお優しい方ですね。思っていた通りです」

「思っていた通りだと？」

はい、とリディアは思わず思い出し笑いをしてしまった。

「だってエルヴィンド様とあんなに仲のいい聖獣様なんですもの。わたしたち人間にお優しくないはずがなかったんです」

「……前半部分のお前の認識をどうにかして改めさせる必要があると思うのだが」

ともかく、とエルヴィンドは手に持っていたものをリディアに差し出してきた。それはリディアが御者に借りていた外套《がいとう》と、その中に着込めるのであろう、見るからに温かそうな起毛のガウンのようなものだ。羊毛でしっかり編まれた襟巻きや手袋もある。どれも見るからに男物だ。

「寝付けないのだろう。どうせ眠れないのなら、無理して眠る必要もない」

言ってエルヴィンドは、着ろとばかりにそれらを手渡してくる。リディアは首を傾げつつ受け取る。

「これは……？」

「あの氷の御者に頼んで、あの者が一番暖かいと言うものを借りた」

素直にすべて身につけてみると、確かに暖房の効いた室内では汗ばむほど暖かい。エルヴィンドはリディアの襟巻きを整え、ローブのように頭にもかぶせた。これで目もと以外はすっぽりと覆われている状態だ。状況的にこれから外に出るのだろうが、いくら夜明け前の一番寒い時間とはいえ、まだ真冬でもないのに少々大袈裟《おおげさ》な装備のようにも思う。

「どこかもっと北のほうに出掛けるのですか？」

「いや。屋敷の外に出るだけだ」

リディアが更に首を傾げると、布の塊が首を傾げたように見えたのだろう、エルヴィンドが小さく笑ってリディアの頭にぽんと手を置いた。

「これから外気温を少し下げるのだ。暖かくしていろ」

そう言って、リディアの手を引いて歩き出す。

（……下げる？　下がる、じゃなくて？）

疑問符を浮かべながらもついていくと、エルヴィンドは言葉通り、屋敷の前庭を抜けて門を出たところで立ち止まった。目の前はだだっ広い雪原だ。少し離れた場所にフレイヤの岩、そして遥《はる》か先にはイプセンの町。雪明かりで辺りは仄《ほの》明るく、夜明けまではまだあと少しある。

すべてさっきまでと同じだ。異変はどこにもない。

「エルヴィンド様、気温を下げるというのは一体……？」

「下げるのは私ではない。あの光の精霊の群れが姿を現わすと、高い確率で彼らが気温を下げるのだ」

「光の精霊？」

「あの光の精霊たちには、楽しい気分になるととてつもない冷気を発するという習性がある。寒い場所で生まれ育つ精霊だから、冷気が心地好《よ》いのだろう。彼らが楽しい気分であればあるほど、冷やされた空気が遥か上空から地上まで届く。それが大きな群れであるほど、地上は一層冷やされる」

そう説明されて、リディアは脳裏に、蛍のような光の大群が楽しく空中を舞い踊りながら氷の欠片を辺り構わず撒《ま》き散らしている様子を想像し、却って混乱してしまった。

問いかけるようにエルヴィンドを見上げると、彼はその金色の瞳《ひとみ》にどこか悪戯《いたずら》っぽい色を浮かべた。あれは何かを企《たくら》んでいる目だ。

それもとびっきりリディアが喜ぶようなこと。

俄《にわか》に昂揚《こうよう》してきた心を抑えつつ、リディアはエルヴィンドの動向を見守る。

エルヴィンドは大きく腕を振った。彼がリディアに美しいものを見せてくれるときに決まって行なう動作だ。自然界に存在するあらゆるものに働きかけ、あるいは語りかけ、その舞いを指揮するみたいに操る動作。

高鳴る胸の前で両手を組み、その動きに見惚《みと》れていると、やがて外気に触れている目もとが急激に冷えてきていることに気付く。頭のてっぺんから爪先までしっかり着込んでいるのに、底冷えする寒さが足もとから背筋まで上がってくる。

エルヴィンドが大きく腕を振る。それは空中にカーテンを引くような動きだった。

そう思った途端、空を見上げるリディアの目の前に突如、本当に巨大なカーテンが現われた。

カーテン、というのは比喩《ひゆ》でもあり、事実その通りでもあった。

星々の瞬く夜空に、緑がかった青色の、あるいは白と緑の中間のような色の、カーテンのように見える光が、まるで天空から巨大な誰かが布をはためかせているかのように輝いているのだ。

光の形は刻一刻と変わり、一秒たりとも同じ形に留《とど》まっていない。はためく光のカーテンのように見える瞬間もあれば、夜空に光の小川が出現したように見える瞬間もあった。どの瞬間も、光たちがとても楽しげに、嬉《うれ》しそうに上空を舞い踊っているのがわかる。

リディアは頬を紅潮させ、瞳を輝かせて、夜空を舞うその美しい光に見入った。

本で読んだことがある。北方の国々の中でも、さらに北部の地域でのみ見られる光。アーレンバリは世界でも有数の、その光を観測できる国のひとつだが、ヒェリ・バーリのような南部の地域ではそれでも観測するには温暖すぎて、真冬の一番寒い日にも見ることは到底できないものだった。呼び名はそのまま『北部の光』あるいは『極北の光』だ。

なぜ寒冷な場所でしか観測できないのだろうと思っていたが、真相は寒い場所に棲《す》む精霊の仕業だったのだ。

「アーレンバリ国内で見られる最も美しいもののひとつだから、いつかお前に見せたいと思っていた」

あまりの美しさに言葉を失っているリディアに、エルヴィンドは穏やかな声音でそう言った。

「だがヒェリ・バーリでこの光を起こすには周囲のあらゆるものに負担を掛けてしまう。精霊たちを呼ぶにも遠すぎるし、ヒェリ・バーリの備えでは彼らがもたらす冷気に耐え切れないからな。だからいつかヘイエルダール辺りを訪れる機会があったら、と考えていたのだ」

光は一呼吸の間にも形も色も変えるので、少しも見逃したくないと瞬《まばた》きをするのさえ堪《こら》えてしまう。それどころか呼吸すらも忘れそうになっているリディアに気付いて、エルヴィンドは呼吸を促すように肩を優しく抱き寄せた。

「存分に目に焼き付けるといい。あの光たちも、お前に見てほしがっているぞ」

と、背後の屋敷のほうで大きな音を立てて窓が開く音がした。次いで怒鳴り声が飛んでくる。

「おい、ファフニール！　ここらは俺の領域だぞ。好き勝手に極光の精霊を呼ばれちゃ困る！」

その言葉にもエルヴィンドは悪びれず、僅《わず》かに肩を竦《すく》めてみせた。

「明確な決まりはないが、聖獣は一応、棲み分けをしているのだ。ある聖獣が棲む一定の範囲内では、別の聖獣は不要不急の力を無闇に使わない、という暗黙の了解がある」

そう説明をしてくれるだけで、エルヴィンドは一向に光を収束させようとはしない。

アクセリはその後も二言三言小言をくれたが、諦《あきら》めたのか、あるいは傍にリディアがいるから見逃してくれたのか、やがて大きな溜息《ためいき》とともに窓が閉まる音がした。リディアも内心少し申し訳なく思いながらも、今は目の前の圧倒的な光に完全に心を摑《つか》まれてしまっていたので、アクセリの厚意に甘えさせてもらうことにする。

そうしてしばしの光の饗宴《きょうえん》の後、エルヴィンドはまたカーテンを引くように腕を大きく振った。すると光の精霊たちは名残惜しそうに少しずつ薄れていき、やがて完全に夜空に掻《か》き消えた。

感激と寒さによって鼻の頭を真っ赤にしながら、リディアはエルヴィンドに笑いかける。

「見せてくださってありがとうございました。本当に、本当にきれいでした」

「夢中になって見ていたな」

「ええ、寒いのも忘れるほど。エルヴィンド様のお陰で、もうこの世の美しいものはほとんど見られたと思っていたのに、まだこんなに素晴らしいものがあったなんて……」

瞼《まぶた》に焼き付いた光の美しさを反芻《はんすう》し、リディアはしばし余韻に浸る。しかし思い出したように目もとに寒さを感じた。光が散ると同時に外気温も元に戻ったようだが、それでも極北の地イプセンの外れ、そして夜明け前は一日の中で最も寒い時間だ。

「さあ、暖かい部屋に戻ろう。きっともう寝られるだろう。明日にもすぐに動き出せるよう、薬の量産の手筈《てはず》も整えてある」

その言葉に、エルヴィンドがリディアに美しいものを見せるためだけではなく、沈んだ心を慰めるために、そして安心させるために外に連れ出してくれたのだと気付いた。

胸に温かいものが灯《とも》る。

屋敷に戻って防寒具を外し、手を繋《つな》いで客室への階段を上がる。心が満たされていて心地好い。この心地好さの波に揺蕩《たゆた》い、確かにすぐに眠れそうだった。

部屋まで送ってくれたエルヴィンドとの別れ際、それでもリディアは、ほんの少しのでも思うのに。

残念な気持ちをその瞳に滲《にじ》ませてしまう。こんなに満たされているのに贅沢《ぜいたく》だ、と自分
「……こんな素敵な夜にこそ、本当は、エルヴィンド様と一緒に過ごせたら、もっとよかったのに……」

自分でもほとんど意識せず、そんな本音がぽろりと唇からこぼれ落ちてしまった。

見上げるエルヴィンドの金色の双眸《そうぼう》が見開かれている。その反応に、リディアは自分が発した言葉が持つ意味に気付き、思わず両手で口もとを押さえる。

「あ……ご、ごめんなさい」

エルヴィンドを困らせたいわけではないのに、つい雰囲気に流されて我儘《わがまま》を言ってしまった。繋いだ手をぱっと離し、ベッドに入ろうとする。

「もう、休みますね。お陰で寝付けそうですし――」

しかしその言葉は途中で遮られた。

今離したばかりの手が、再びエルヴィンドに取られる。さっきまでよりももっと強い力で。

摑んだ手を引き寄せられ、リディアは蹈鞴《たたら》を踏み、エルヴィンドの胸の中に飛び込む格好になった。

「……エルヴィンド、様」

離れなければと思うのに、抱き締められた胸の中があまりにも心地好くて離れがたい。

だけど、すぐに抜け出さなくては。またあの火傷《やけど》のような痛みを感じることになったら、そしてリディアが痛みを受けたことをエルヴィンドに知られたら、また彼に悲しげな顔をさせてしまう。

頬にエルヴィンドの手が伸びてくる。手のひらが触れる直前、痛みを覚悟してリディアの身体がびくっと強《こわ》ばる。

しかしその手が頬に触れても、恐れていたあの痛みはない。心地好《よ》く包まれるような感触があるだけだ。

息を呑《の》む。彼の手に促されるまま、顔を上げる。彼の目と視線が絡む。

——確かな熱を孕《はら》んだ、その金色の双眸と。

後頭部に優しく手が添えられたと思ったら、次の瞬間、唇が重なった。

軽く触れるだけだったそれは徐々に、呼吸を奪われるほど深いものになっていく。乾いた大地に水が染み込んでいくように、互いに夢中で求め合う。

と——エルヴィンドが急に我に返ったように唇を離した。

うっとりと蕩《とろ》けたリディアの瞳《ひとみ》を覗《のぞ》き込むようにして問いかけてくる。

「本当にもう痛みはないか？　また耐えているのではないのか？　奴は炎は鎮めたと言っていたが……」

さっきまでの熱に浮かされたような様子とはまるで別の種類の必死さでそう問いかけてくる。リディアは一瞬、言われた意味がすぐに理解できなかったが、やがて耐えきれず笑みを零《こぼ》した。

「はい。もうどこも痛くはありません」

安堵《あんど》した表情のエルヴィンドをもっと安心させてあげたくて、リディアはさらに言い募る。

「それに、以前のあの痛みも……わたしは、全然嫌じゃありませんでした」

だって、とリディアはエルヴィンドの頬を宥《なだ》めるように撫《な》でる。

「あの痛みだって、エルヴィンド様が与えてくださるものだったんですもの」

――その言葉に対して、彼がどんな顔をしたのか、リディアにはわからなかった。

たださっきまでよりも深い口づけに、今度こそ呼吸も何もかも忘れ、今まで離れていた距離を取り戻すかのように、彼を必死に掻き抱《いだ》いたのだった。


長い夜が明け、朝日が昇る。

黎明《れいめい》の穏やかな光に、また照らされていく。

＊＊＊

華の都アーレンバリ市の一等地に建つ百貨店オルヘスタルズの中には、オルヘスタルズ社自ら手がけている各商品事業部門が運営するテナントがいくつも存在する。

そのうちのひとつである化粧品部門は、材料から製造法まで品質にこだわっていることで名高く、同社が郊外に所有する巨大工場の面積の多くはその化粧品製造のために割かれているという。品質は各専門家のお墨付きで、生産ラインの清潔さや効率の高さは薬品作りにも転用できるとも言われている。有事の際にはアーレンバリ軍部がオルヘスタルズ社に協力を要請するのではないかという噂までまことしやかに囁《ささや》かれているほどだ。

その工場にある日、ひとつの事業命令が下された。

その事業命令はオルヘスタルズの事実上のトップであるノア・オルヘスタル氏を飛び越え、さらに上――最高経営責任者であるエリアス・シェルクヴィスト氏から直々に工場長へと伝えられた。

曰《いわ》く、化粧品生産を一時的にストップし、工場内のすべての設備と人員を総動員して、指示書にある通りの薬を大至急量産するように、と。

そして当該の指示書と一緒に、薬の材料となる植物が大量に送られてきた。

前々からノア・オルヘスタル氏から「近々、例の孤児院の流行病《はやり》の件で、特効薬の生産命令があるかも」と聞かされてはいたから、工場長及び従業員たちは驚くことはなかったものの、積み上げられた膨大な材料の山を前にしばし呆然《ぼうぜん》とした。それでも工場勤務の従業員の矜持《きょうじ》で、すぐに作業に取りかかった。幸いエリアス・シェルクヴィスト氏からは、この作業に携わったすべての従業員に対する褒賞を約束するという書面も届いていたので、思う存分気兼ねなく人海戦術を駆使することができたのである。

薬の大量生産にあたり、薬学に明るい数人の専門家も派遣されてきた。薬学の権威といえばアウグスト・ヴェステルホルム氏の著書は有名なので工場長も一度読んだことがあったが、なんとそのヴェステルホルム氏の紹介で此度《こたび》の派遣に至ったらしい。うちの最高経営責任者の人脈はどうなってるんだ、と工場長は内心で舌を巻いた。工場長はヒェリ・バーリの神殿に観光として参拝したことはあるが、祀《まつ》られている聖獣の生身の姿を見たことはなく、長く勤めている職場のトップが他ならないその聖獣本人であるとは夢にも思わないのだった。

薬は驚くべき迅速さで量産されていった。出来上がった薬は専門家によって何重にもチェックされ、検査を通ったものはこれまたオルヘスタルズ社提携の物流を駆使してアーレンバリ各地の孤児院へと運ばれていった。

数日間寝食を惜しんで働いた工場長及び従業員たちは、次々に届く「お陰で子どもたちの症状が順調に快方に向かっています」という孤児院からのお礼の手紙に安堵し、肩の荷が下りたように、そして清々《すがすが》しい達成感に溢《あふ》れた笑みを零したのだった。


リディアは差し出されたエルヴィンドの手を取り、馬車から降りた。

目の前には、この数日の間にいくつも訪問した他の同様の施設とよく似た建物が佇《たたず》んでいる。ヒェリ・バーリの神殿が運営する孤児院のうちのひとつだ。

工場での薬の量産にリディアは直接関わってはいないので――屋敷の中でベースとなる薬を作り続けてはいたけれども――、薬が無事に出来上がって各孤児院へ送られていったと報告だけ聞いても、どうにもあまり現実味が湧かなかった。実際に現場の状況がどうなっているのか自分の目でも確かめたいと思ったけれど、工場を不用意に訪問するのはどう考えても迷惑になってしまう。オルヘスタルズの最高経営責任者たるエリアス・シェルクヴィスト氏の夫人が工場にやってくるとあれば、いくらこちらが「お構いなく」と言ったところで、工場側からすればそういうわけにもいかないだろうからだ。気も遣わせてしまうし、時間も手間も割かせてしまう。

リディアは考えた末、既に薬が行き渡ったと報告のあった孤児院から順に、子どもたちへの慰問という名目で様子を見に行くことを思いついた。快癒を祝うために訪問するからには何か手土産が必要だろうかとエルヴィンドに訊《き》いてみると、彼は少し考え、いつぞやビルギットに渡したアーレンバリ土産のようなものがいいのではないかと答えた。元気になった子どもたちにだけでなく、その介抱で大変な思いをした職員たちを労《ねぎら》えるものが何かあればと思っていたリディアは、その考えをすっかり見通していたらしい彼の言葉に嬉《うれ》しくなった。

「そうですね。では、子どもたちにはとびきり甘いチョコレートを。そして職員の方々には、手を労《いたわ》る保湿クリームと、暖かい膝掛《ひざか》け用のブランケットを」

そうして手土産を片手に丸一月ほどもかけて各地の孤児院を慰問し、今日のここが最後の一軒というわけである。

この孤児院に来るのは二度目だ。

出迎えてくれた大人たちに、リディアはほっとしてエルヴィンドと目を見合わせる。前に会ったときよりも少し疲れた顔をしてはいるが、皆元気そうだ。

「ご無沙汰《ぶさた》しております、セルベル先生」

セルベルはリディアに駆け寄ってきて、感極まったようにその手を取った。

「リディア先生には感謝してもしきれません。本当にアーレンバリ中の子どもたちをお救いくださるなんて……」

涙ぐむ彼女の手を、リディアも握り返す。

「多くの方々の協力があってこそ成し遂げられたことなのです。もちろん、セルベル先生や皆さんのお力も。わたしのほうこそ感謝しています」

と、建物のほうから明るく愛らしい声が聞こえてくる。最初の訪問のときには聞くことの叶《かな》わなかった、元気で楽しげな子どもたちの声だ。

セルベルは指先で目もとを拭《ぬぐ》い、建物のほうを見やった。

「あの通り、子どもたちはみんなすっかり元気ですわ。会ってやってくださいますよね？」

「ええ、ぜひ」

リディアとエルヴィンドは連れ立って孤児院の中に入り、子どもたちの熱烈な歓待を受けた。手土産のチョコレートを渡したときなど、悲鳴にも近い歓声まで上がったほどだ。

今までに訪問したどの孤児院でもそうだったが、今回のことの顚末《てんまつ》は、子どもたちには「偉い狼さんが聖獣様におくすりの材料をくれた」というお伽噺《とぎばなし》風の話になって伝わっていた。これはエルヴィンドが薬の材料の供給源を濁して孤児院側に伝えたからである。

アクセリは長年人間との関わりを断って暮らしていたために、今やその状況に慣れきっており、つかず離れずの距離感をもはや心地好《よ》くすら感じているらしい。そのため今さら現状を変えるつもりもないらしく、今回の自身の功績は人間たちには秘密に、とアクセリ自身がエルヴィンドとリディアに念押ししたのだ。他方、フレイヤの功績については その限りではない、どこまで話すかは任せる、ということだったので、真実をどこまで伝えるかを二人で相談した結果である。

帰り際、ニルスとスヴェン、そしてロッタが手に何かを持って駆け寄ってきた。

「リディア先生、これ、えらいおおかみさんに渡してくれる？　お薬のお礼に作ったんだ」

受け取ってみると、狼を描いたのであろう絵や、色とりどりの紙で作られた花束だった。夜空の色をした狼、という情報が伝わっていたためだろう、絵の中の狼の身体は黒く塗られていて、黄色や白で星々を模した点がいくつも打たれている。

子どもの発想に感心しつつも微笑ましく思いながら、リディアは愛《いと》しさをこめて三人を抱き締めた。

「ありがとう。ちゃんと渡しておくわね」

「えらいおおかみさんって名前あるの？」

くすぐったそうに笑いながらロッタが問いかけてくる。リディアは頷《うなず》いてみせた。

「もちろんあるわよ。フレイヤ様っておっしゃるの」

「え？　女の子なのかよ!?」

ニルスが目を丸くし、ロッタがなぜかふふんと胸を反らす。

「ほらね。ロッタが言った通りでしょ」

「フレイヤ様ってどんなおおかみさんなの？　きれい？　かっこいい？」

興味津々という様子でスヴェンが問うてくるので、リディアは微笑み、また頷いてみせる。

「ええ、とっても。……フレイヤ様も、みんなが元気になってきっとすごく喜んでいらっしゃるわ」

子どもたちが、わあ、と嬉しそうな声を上げる。リディアは嬉しいような誇らしいような、どこか切ないような気持ちで、その弾《はじ》ける笑顔をしばし見つめていた。

孤児院からの帰り道、馬車に揺られながら、リディアは子どもたちから預かったものを向かいに座るエルヴィンドに見せた。

色のついた紙で作られた花束を見て、エルヴィンドは少し驚いた顔で目を見開いた。

「あの子どもたちが作ったのか」

「ええ。器用ですよね。先生方に作り方を教わりながら一生懸命作ったんですって」

それに、と狼の絵のほうも指し示す。

「それ、フレイヤ様を描いたんですって」

「……斑模様《まだら》だという話が伝わっているのか？」

当惑した様子のエルヴィンドに、リディアは思わず吹き出す。

「近いうちにお供えに行かないといけませんね」

「暖かくなってからでいいのではないか？　真冬のヘイエルダールは、慣れていないと移動に苦労するぞ。列車もよく止まる」

リディアと二人での鉄道旅以前にも何度か経験があるのだろう、エルヴィンドが実感のこもった感じの溜息《ためいき》を吐く。

「エルヴィンド様、このあいだアウグスト先生から届いたお手紙読みましたか？」

「ああ。こちらから出した薬の進捗《しんちょく》を報《しら》せる手紙への事務的な返信だっただろう」

「あのお手紙に、わたし宛《あて》の短い追伸が添付されていたんですよ」

「そうだったのか？　何と書かれていた？」

リディア個人宛と聞いて以前の一悶着《ひともんちゃく》を思い出したのか、エルヴィンドがやや眉《まゆ》を寄せる。

リディアは思わず微笑んだ。

「『妖精《ようせい》たちがリディア女史に会いたがっている。次こそは犬ぞりに乗せるんだと張り切っているから、いい時期にまた来てくれ』と」

手足の太いころころとした毛玉のような仔犬たちが、リディアを乗せたそりを引きながら雪の上を嬉しそうに一生懸命走っている様子を思い浮かべると、愛おしくて今すぐにでもイプセンに飛んでいきたくなる。

似たような光景を思い浮かべたのだろう、エルヴィンドは小さく嘆息し額を押さえた。

「……フェンリルはともかく、妖精たちがそう言うのならば仕方がない」

「ありがとうございます。ふふ、あの子たち、エルヴィンド様にも懐いていましたものね」

「聖獣の眷属《けんぞく》だから、同じ聖獣の気配が心地好いのだろう」

「きっとエルヴィンド様がアウグスト先生といいご友人関係だってことを、妖精たちも見抜いていたんだと思います」

「……その話はともかく」

エルヴィンドが呻《うめ》き、リディアに穏やかな視線を向けてくる。

「これからのお前のことを考えれば、植物の研究所とも呼べる奴の屋敷を勉強がてら改めて訪問するのも悪くはないだろう。地下の貯蔵庫で世界各地のあらゆる植物の実物を見られるのならば、ただ書物から知識を蓄えるよりもずっと得るものがあるはずだ」

その言葉に、リディアは目を瞬《しばた》かせる。

「これからのわたし……ですか？」

エルヴィンドは頷き、金色の双眸《そうぼう》を愛おしげに細める。

「薬に加工できるような植物を多く揃えた花屋をやりたいのだろう？」

「……！」

リディアの背筋が喜びによって生命を吹き込まれたように震えた。

みるみる頬が紅潮していく。

言葉も出せず、胸もとで両手を握り締めてこくこくと頷くリディアに、エルヴィンドはただ笑った。

狭く小さな屋根裏部屋の閉ざされた窓は、美しい一陣の風によって、こうして何度でも開かれていくのだ。

またひとつ、新しい未来に向かって。

本書は書き下ろしです。
この作品はフィクションであり、実在の人物、団体等とは一切関係ありません。

聖獣《せいじゅう》の花嫁《はなよめ》2
癒《いや》しの乙女《おとめ》は優《やさ》しき獅子《しし》と愛《あい》を紡《つむ》ぐ

沙川《すなかわ》りさ

令和6年 9月25日　初版発行

発行者●山下直久

発行●株式会社KADOKAWA
〒102-8177　東京都千代田区富士見2-13-3
電話　0570-002-301（ナビダイヤル）

角川文庫 24354

印刷所●株式会社暁印刷
製本所●本間製本株式会社

表紙画●和田三造

ISBN 978-4-04-115415-1　C0193

◇◇◇

角川文庫発刊に際して

角川源義

　第二次世界大戦の敗北は、軍事力の敗北であった以上に、私たちの若い文化力の敗退であった。私たちの文化が戦争に対して如何に無力であり、単なるあだ花に過ぎなかったかを、私たちは身を以て体験し痛感した。西洋近代文化の摂取にとって、明治以後八十年の歳月は決して短かすぎたとは言えない。にもかかわらず、近代文化の伝統を確立し、自由な批判と柔軟な良識に富む文化層として自らを形成することに私たちは失敗して来た。そしてこれは、各層への文化の普及滲透を任務とする出版人の責任でもあった。

　一九四五年以来、私たちは再び振出しに戻り、第一歩から踏み出すことを余儀なくされた。これは大きな不幸ではあるが、反面、これまでの混沌・未熟・歪曲の中にあった我が国の文化に秩序と確たる基礎を齎らすためには絶好の機会でもある。角川書店は、このような祖国の文化的危機にあたり、微力をも顧みず再建の礎石たるべき抱負と決意とをもって出発したが、ここに創立以来の念願を果すべく角川文庫を発刊する。これまで刊行されたあらゆる全集叢書文庫類の長所と短所とを検討し、古今東西の不朽の典籍を、良心的編集のもとに、廉価に、そして書架にふさわしい美本として、多くのひとびとに提供しようとする。しかし私たちは徒らに百科全書的な知識のジレッタントを作ることを目的とせず、あくまで祖国の文化に秩序と再建への道を示し、この文庫を角川書店の栄ある事業として、今後永久に継続発展せしめ、学芸と教養との殿堂として大成せんことを期したい。多くの読書子の愛情ある忠言と支持とによって、この希望と抱負とを完遂せしめられんことを願う。

一九四九年五月三日

鬼恋綺譚

流浪の鬼と宿命の姫

沙川《すなかわ》りさ

共に生きたい。許されるなら。

薬師の文梧《ぶんご》は白皙の青年・主水《もんど》と旅をしている。青山《あおやま》の民が「鬼」に変異し、小寺《こてら》の民を襲い殺すようになって30余年。故郷を離れ逃げ惑う小寺の民を助けるのが目的だ。一方、遡ること今から3年。小寺の若き領主・菊《きく》は、山中で勇敢な少年・元信《もとのぶ》に窮地を救われる。やがて惹かれ合う2人を待っていたのは禁忌の運命だった。出逢ってはいけない者たちが出逢う時、物語は動き始める。情と業とが絡み合う、和製ロミオとジュリエット！

角川文庫のキャラクター文芸

ISBN 978-4-04-109204-0

贄《にえ》の花嫁

優しい契約結婚

沙川《すなかわ》りさ

大正ロマンあふれる幸せ結婚物語。

私は今日、顔も知らぬ方へ嫁ぐ――。雨月智世《うづきともよ》、20歳。婚約者の玄永宵江《はるながしようえ》に結納をすっぽかされ、そのまま婚礼の日を迎えた。しかし彼は、黒曜石のような瞳に喜びを湛えて言った。「嫁に来てくれて、嬉しい」意外な言葉に戸惑いつつ新婚生活が始まるが、宵江は多忙で、所属する警察部隊には何やら秘密もある様子。帝都で横行する辻斬り相手に苦闘する彼に、智世は力になりたいと悩むが……。優しい旦那様と新米花嫁の幸せな恋物語。

角川文庫のキャラクター文芸

ISBN 978-4-04-111873-3

贄《にえ》の花嫁

新婚旅行と水神様

沙川《すなかわ》りさ

幸せラブストーリー、新婚旅行編!

帝都を脅かす妖との戦いが終わり、智世《ともよ》と宵江《しょうえ》は穏やかな結婚生活を送っていた。ある日、眷属たちから「人間の男性は婚姻の証に指輪を贈る」と聞かされた宵江は、妻に人間らしい経験をさせてやりたいと意を決して結婚指輪を準備する。しかし渡す機会を逸したまま新婚旅行の日に……。一方の智世は、隠し事がある様子の夫に不安を感じ、気まずい雰囲気に。一人になった智世は付近の海に棲む水神の神隠しに遭ってしまい——。

角川文庫のキャラクター文芸
ISBN 978-4-04-112400-0

贄《にえ》の花嫁

黒い夢と願いの子

沙川《すなかわ》りさ

異類婚姻ラブ、二人の愛に試練の時!

新婚旅行のあと、智世《ともよ》は幸せな気持ちで、宵江《しようえ》との子を授かることを心待ちにしていた。しかしある日、屋敷で「半妖の子が迫害されて苦しむ」という筋書きの芝居のチラシを目にし、それ以来、智世は悪夢を見るようになる。妻の身を案じる宵江は、敵の正体に迫るが、不思議な術により異世界へ攫われてしまう。そこで「智世を救いたければ、彼女の記憶を差し出せ」と取引を持ち掛けられ――。異類婚姻ラブストーリー、波瀾の第３弾！

ISBN 978-4-04-113019-3

聖女ヴィクトリアの考察

アウレスタ神殿物語

春間タツキ

帝位をめぐる王宮の謎を聖女が解き明かす!

霊が視《み》える少女ヴィクトリアは、平和を司る〈アウレスタ神殿〉の聖女のひとり。しかし能力を疑われ、追放を言い渡される。そんな彼女の前に現れたのは、辺境の騎士アドラス。「俺が“皇子ではない”ことを君の力で証明してほしい」２人はアドラスの故郷へ向かい、出生の秘密を調べ始めるが、それは陰謀の絡む帝位継承争いの幕開けだった。皇帝妃が遺した手紙、20年前に殺された皇子——王宮の謎を聖女が解き明かすファンタジー！

角川文庫のキャラクター文芸

ISBN 978-4-04-111525-1

仮初めの魔導士は偽りの花

呪われた伯爵と深紅の城

望月麻衣

男装の魔導士は星の導きで魔を祓う!

大魔導士の祖父の遺言で悪魔祓いをしているティルは、美少年魔導士として評判だ。だが絶対に知られてはいけない秘密がある。それは本当は“少女”だということ——。ある日「世にも美しい城」の呪いを解いてほしいという依頼を受けたティルは、兄のハンスと辺境の白堊《はくあ》の城を訪れる。そこにいたのは美貌の青年伯爵ノア。密かに呪いの謎を探ろうとするが、彼と急接近してしまい……⁉ ときめきの占星術×西洋風ファンタジー!

角川文庫のキャラクター文芸

ISBN 978-4-04-114740-5